閉上眼睛

就能

看見的事物

華爾街首位視障證券分析師所傳達的奇蹟

愼盾揆———著

陳品芳———譯

本書是由視障作者以點字電腦
親自書寫、整理而成

如果給我一天，讓我能看見這個世界

看得見無疑是莫大的祝福。雖然我看不見，但我也很少會覺得這是一種不幸。

人們總說我看待事情過度樂觀，我甚至覺得自己失去視力的時機也非常巧妙。出生滿 100 天之前我就因為得了青光眼而

視力不佳，但直到 7 歲之前我都跟其人一樣，是個成天打彈珠、打畫片、玩戰爭遊戲的平凡小孩。除了眼睛動手術必須時常進出醫院之外，我的童年可說毫無特別之處。後來青光眼惡化，左眼視力快速衰退，右眼也開始視力模糊，終於在 9 歲時澈底失明。

雖然還能感覺到光線，不能說是完全失明，不過我覺得能在對事事都非常敏感的青春期之前澈底失去視力，對我來說或許是件幸運的事。

始終抱持這個想法的我，也曾經因為看不見而心痛。第一次感到傷心，是 9 歲進入首爾盲人學校就讀的時候。我不知道自己的視力變差，依然繼續在外跑跳，也經常因此從樓梯上摔下去，膝蓋總是傷痕累累。老師注意到這件事，便經常提醒我，現在你看不清楚了，要小心慢行。老師這番不可或缺的忠告，卻讓我幼小的心靈感到悲傷。

第二次感到悲傷，是某天我發現自己想不起母親的長相時。這裡我必須先說一件事，那就是很多人都誤會，像我這種完全看不見的人總是生活在黑暗之中，不過至少我不是這樣。或許

是因為我並非天生失明，所以我總覺得自己好像能看見周圍發生的事。跟家人圍坐在餐桌邊吃飯時，我會在腦中勾勒出自己面前坐著妻子葛蕾絲，右邊是兒子大衛的情景。當妻子要兒子趕快吃飯時，我則會在腦海中想像兒子把食物塞了滿嘴，卻一直不肯咀嚼的模樣。

當我跟一位眼科醫師說這些話時，他便向我說明為何我總誤以為自己能看得見。他說這是因為雖然我的眼睛不能盡它的義務，但大腦卻仍持續活動勾勒著畫面。

如同照片放久了會褪色、模糊一樣，不知從何時開始，我的腦海中浮現的是僅能辨別輪廓的模糊影像。我不知道世界從何時開始變得模糊，唯一能記得的，是在我徹底失去視力後尚未滿兩年的某個春天，我開始逐漸看不清母親的模樣，尤其是她的臉孔，接受超過二十次手術，每一次拿下眼罩後第一個看到的那張臉，居然漸漸看不見了。

兩個多月來在釜山醫院病房裡，睡在椅子拼接而成的床上，守在我身邊寸步不離的那張臉，當我知道自己再也無法在腦海中勾勒出母親的長相時，我確實受到很大的打擊。

第三次我因看不到這件事而感到悲傷，是我太太的一句老實話。有一次太太跟我說，跟看不見的人一起生活固然不容易，但其中最教人難受的，是我無法看見你的眼神或表情。人們都說相愛之人能「不言而喻」，但一想到我們之間或許永遠做不到這一點，我便感到無比抱歉與悲傷。

最後一次因看不到而悲傷，是我抱著我們結婚9年才生下的孩子大衛，坐在搖椅上哄他睡覺的時候。想看看孩子長相的想法突然間閃過我的腦海。孩子的臉龐就在我的左肩與臉之間，那一瞬間我深刻感受到自己看不見孩子睡著的模樣，覺得心頭一緊，彷彿有一股什麼湧上心頭。

我不曾想過要看看妻子的臉，卻如此想見懷中孩子的臉孔。不覺間我感到眼眶中蓄積著水氣，不知是孩子的汗水還是我的淚水。我以視障者的身分生活了30多年，第一次覺得如果能暫時睜眼看看這個世界該有多好！

／ 「看見」對你來說或許很平常，
對我來說卻是奇蹟

　　失明又失聰的海倫凱勒曾寫過一篇散文，述說著若是給她 3 天的時間讓她看見這個世界，她會是怎樣的心情。這篇散文對於那些明明眼睛看得見，卻看不見重要事物的人們表達著惋惜之情，當時我讀到這篇散文曾傻傻地想，3 天會不會太長了？我覺得只要給我一天看自己真正想看的東西就足夠了。

　　如果我能隨意規劃讓自己重新擁有視力的 24 小時，那我會這樣度過這一天：若我能在某個初夏早晨太陽升起時，到隔天太陽升起之前，剛好擁有整整一天的視力能看見這個世界，我那天應該不會太早去上班；我會提前站在位於紐約近郊紐澤西一處小社區裡的家中後院，安靜等待著升起的太陽與睽違 39 年後重新回到我身邊的視力，以迎接全新的開始。天微微亮時，好好觀賞早晨後院裡的樹木、此起彼落的鳥鳴及來來去去的松鼠。

　　我會在兒子醒來前回到屋內，如同拍照一樣努力且仔細地將孩子的睡臉、身體、姿勢與表情牢記下來。我將在腦海中深

深刻下孩子睡醒後起床的模樣、發現父親正看著自己時的表情。仔細凝視孩子的雙眼，是否真的比大人更加清澈。接著，我會去看看在西元 2014 那年成為我們家人的女孩，了解為何人們總說這孩子跟我很像。接著送孩子上學，然後再慢步回家參觀居住的社區。

然後我將與妻子一起享受一頓溫馨的早餐，仔細看一看這個與我一同生活了 19 年的女子是如何美麗的長相。當然，不是像相親時一樣小心翼翼。而是彷彿在拍高解析度的照片般，仔細端詳她的面容並烙印在腦海裡，這樣才能永遠將她記住。吃完飯後，我們一起把家中所有的相簿拿出來，一邊聊著天，一邊笑著說說家人與朋友的大小事。接著，拿出結婚典禮時的錄影帶，回憶我們當時如何青澀與親戚們的長相。

在與妻子共進完午餐後，我搭上前往紐約的火車。當然，我將平常需隨身攜帶的白色導盲棍放在家裡。坐在火車裡安靜地看著窗外的風景，欣賞著紐澤西北部與紐約的景色。用自己的雙眼親自確認，紐澤西是否真的綠意盎然到足以稱得上是「花園州（Garden State）」。

下車後，我前往任職超過 17 年的公司，看看身邊這些跟我一起工作過無數年的同事們，和我想像中的他們有著多大的差距。他們的膚色有多白、多黑？頭髮是否真的是鮮紅色。然後，我還是會坐回電腦前工作。

對於只有見過黑白電視的我來說，連上全彩的網路電腦螢幕究竟會帶來怎樣的刺激？一開始我或許會試著連幾個網站看看，其中肯定包括可以觀看韓國電視節目的網頁。應該還是得使用以語音和點字朗讀螢幕內容的螢幕朗讀軟體，畢竟我不認得字。

在公司待 2-3 個小時後離開，接著前往九一一恐怖攻擊事件的現場。兩架飛機撞上世貿中心的那一天，我也是在附近大樓經歷那起事件的其中一人。雖然不願回想起工作上認識的人們在那場事故中死去，但那天我像難民一樣步行離開華爾街一帶，我想到現場追思當時犧牲的人們，也想靜靜地看看那歷史事件的現場。

接著，我依照約定，前往紐約與父母親見面。跟生養我的韓國父母、從 15 歲就開始照顧我的美國父親、岳父、岳母以及

妻兒，一起前往一間不錯的餐廳用晚餐，再像個觀光客一樣登上帝國大廈頂端欣賞夜景。數數 42 號街的時代廣場現在有多少人，然後再搭乘環線觀光郵輪到曼哈頓島周圍繞一圈，仔細看看家人們度過這段愉快時光的表情。然後回到家睡幾小時，在太陽升起前去到教會，向無論我看不看得見，總是陪伴在我身邊的主禱告。

CONTENT
目錄

眼睛能看見的事

夢想 重要的事——之二

家人

工作

分享 重要的事──之五

這就是我的祕密，很簡單吧。
唯有用心看才能看見正確的事物。
最重要的事情，其實是眼睛所看不見的。

——節錄自聖修伯里的「小王子」

본다는 것

重要的事

之一

———

眼睛能
看見的事

雪地車行走在
終年積雪的洛磯山脈上，
車內的兒子大衛與我

「我們的人生中看見太多東西，
但真正該看的東西，如孩子渴望父母之愛的眼神、
生氣時母親無法掩飾的悲傷表情、
配偶因孤單而陰沉的表情，卻都視而不見。」

不能只看外表

—

人們總以自己的想像，
去理解他人的世界

　　不久前，我跟兒子大衛一起前往學校，與和他同班同學的韓籍父親會面。人們看到我後總說對我的現況覺得很驚訝，而這次對方更具體地形容了他的感覺。他們對於我每天為了工作獨自往返紐澤西與紐約，以及我接受教育的背景、從事的工作，都感到難以置信且驚訝。

那天聽完這些話後，我因回憶起人在韓國的母親而夜不成眠。我想起當我漸漸看不見時，以及幼年時期，總小心翼翼緊抓著母親的手的模樣。無論是去到陌生的地方，還是到熟門熟路的盲人學校，都緊抓著母親的手，而母親對我的擔心自然是不在話下。

那樣的憂慮，也包含了若有一天她無法陪在我身邊，那我該如何獨自在這險峻世界存活。複雜的城市街道、腳步要夠快才能使用大眾交通工具，再加上當時人們幾乎沒有餘力幫助身障人士，母親當時的擔憂與兒子朋友的父親所說的話重疊在一起，在我腦海中揮之不去。

活在 1980 年的母親，若能看見到二十一世紀住在紐約近郊的我，或許就不會這麼擔心了吧；若實際看見我每天上下班的模樣，別人或許就不會感到那麼驚訝了吧。

人們總以自己的想像理解他人的世界，所以會有無用的擔心或不必要的感嘆。他們應該很難想像我在上班之前必須做足哪些心理準備，以及該如何透過無數次反覆練習來熟悉上班路徑，還有偶爾靠過來向我伸出援手提供協助的人。

我的一天大致是這樣的，清晨 4 點左右起床，幸好我不需要打開電燈，所以不會妨礙同住家人的睡眠。接著進入地下室的辦公室並把門關上，從桌上拿起「Hansone」。這是由韓國企業所製造，一種附有點字鍵盤的攜帶式電腦，擁有點字顯示功能，以及會讓人聯想到以前年代那種女配音員的語音功能。如果不是非得用桌上型電腦，我通常會用 Hansone 讀取並回覆電子郵件，也處理一些簡單的網路工作。這台機器可以為我朗讀、書寫我幾乎遺忘的韓文，使用起來真的非常便利。我通常坐在能向後仰的椅子上，確認完電子郵件後，還會打開 Facebook 與天氣預報，偶爾也會確認一下昨晚有哪些支票已匯入銀行帳戶。

做完這些瑣事後，我便正式準備開始新的一天。首先，讀幾頁聖經並且禱告，感謝獲得上帝許多祝福，並且告解以祈求原諒，懇切地為我愛的人和自己禱告。或許你想問，為何聖經要一讀再讀？又為何要向十分了解我的上帝禱告？因為這是我在離開舒適的家，踏入險峻的世界前，非做不可的準備。這個

過程一旦疏忽了，就會覺得或許在通勤路上、在公司以及在家裡，將會發生非常不好的事。例如每天走的路突然施工而無法通行、同事說了一些難聽的話，或是發生什麼必須對太太和孩子大聲說話的事等等。可以這樣說，我對於這些意外所能做出的反應，完全取決於早上做了多少心靈滋養的功課。

／ 若不想在人生的路上迷路， 就必須掌握自己現在的位置

客觀來看，要從我住的北紐澤西小城市菲爾朗，到位於紐約南邊的華爾街上班，並不是件容易的事，即便是對於一個視力正常的人來說也是如此。我通常必須搭乘 6 點 30 分的火車，並在一個叫錫考克斯的地方轉車，在車站裡快走約 5 分鐘，必須上上下下爬幾層樓梯，只要稍有延遲就會錯過下一班列車。當然，若是那一天的心理滋養功課做得好，錯過火車並不是什麼大事，畢竟，總會有下一班火車到來。

輾轉經兩班火車抵達紐約的賓州車站。這個地方就像韓國首爾車站一樣，有串聯紐澤西與紐約的通勤火車、往返於紐約

長島的通勤火車，以及通往全美各地的貨車等，是個又大又複雜的車站。火車在這一站停靠之後，通勤過程中最大的挑戰便等著我。紐澤西的通勤火車跟出發、抵達總在同個位置的地鐵不同，火車抵達賓州車站時不會每次都停在同一個月台，所以只要沒人告訴我，我就不會知道自己到底是在第幾月台、位在車站的什麼地方。

當然也無法知道往上的樓梯或手扶梯是否會抵達我要去的二樓，還是前往總讓我迷路的三樓。因為長期搭火車上班，所以會有一些知道我需求的人來幫忙，不過偶爾沒有這種協助時，我就得獨自冒險。隨便搭上一台手扶梯，或是爬樓梯往上。當我站在樓梯或手扶梯盡頭時，我必須努力猜出自己究竟身處何方。

這時我會用人們來來往往的聲音、車站地板的感覺（是否光滑）、周遭餐廳所散發的氣味等，來推測自己現在的位置。要是聞到「krispy kreme」的甜甜圈味道，我就知道可以從對面的樓梯下樓搭地鐵；如果聞到烤雞蛋和洋蔥的味道，我就知道要立刻右轉朝東邊穿越車站，才能搭上我要搭的地鐵；如果踩到太滑的地板，那就是我跑太北邊的訊號，必須立刻回頭。我就是這樣透過這些專屬指標來辨識自己的所在位置，決定該往

哪個方向前進。當然，有時候這些方法會完全沒用，我會澈底在車站內迷路 10-15 分鐘。如果恰巧沒有心裡準備要如此運動的日子，那麼很有可能會使我沮喪一整周，偶爾甚至會對自己的身心障礙感到難過。

對我來說，比起在每天必走的通勤路上失去方向四處徘徊，更大的問題是奔走的人們。我會使用視障者走路時使用的白色導盲杖，包包裡也總是放有備用的導盲杖。因為我曾經有三次在紐約弄壞導盲杖的經驗，所以我便學會在背包裡放置備用品。這三次都是被奔跑路過的人踩斷，也不曉得他們是否知道自己剝奪了視障者走路的方法，但他們只是繼續走自己的路。

在那種讓人啼笑皆非的日子，心理準備對我來說就像氧氣一樣重要。雖然我不願意遇到這種事，但良好的心理狀態能夠幫我找出這件事的意義並做出正面反應。

沒有備用導盲杖時，我也曾有兩次在親切路人的協助之下順利抵達公司。我相信雖然世界上有那種毫不在意他人的人，但是有更多會特別在意周遭人事物，並願意花費自己的時間與努力來幫助他人的人。他們總會問我要去哪裡，而我會請他們告

訴我現在人在哪。沒有人負責帶我去公司，我必須好好規劃自己的路線，因此首要之務就是知道自己的位置。即使迷路、即使失去導盲杖也沒關係，只要知道我的所在位置，再混亂的情況都無法阻止我抵達公司，這就是我在人生路上不迷路的祕訣。

/ 現實、想法、愛，
是理解他人不該錯過的三件事

唯一一位征服聖母峰的視障者艾瑞克・維亨邁爾曾經說過，在眾多人對他的感嘆之中，某些人說的話當他聽見時感到咋舌。

「艾瑞克竟去攀登連視力正常的我都不敢想去挑戰的聖母峰，甚至還成功了……」

從某個角度來看，這段話看起來只是稱讚而已，沒別的意思。但如果從另一個角度來看，也可以理解為，假設要去攀登全球最高峰，視力是會造成決定性影響的一個要素，對艾瑞克來說，他的角度偏向後者。當然，克服失明的障礙並成功登頂

的故事真的很讓人感動，但更應讓人受到啟發的是他不僅征服了聖母峰，征服了七大陸的最高峰，在此之前他不知做了多少艱辛的訓練、累積無數次的登山經驗、克服多少放棄的誘惑才足以至此，別人卻只有看見他失明者卻仍然成功的結果。

/ 我們肉眼看到的 80% 都是無用的，那些你看不見的簡單智慧

　　當視障者做出什麼罕見的事情時，人們總會只把焦點放在他們的成功上，那些對我可以獨自通勤一事感到不可思議的人也是一樣。比起看不見，更讓我痛苦的是許多人並不理解我每天必須花至少三小時在街上行走，穿越重重障礙。在他們眼中，他們首先看到的是，我是一名視障者。

　　我認為若想理解他人，那就不能只靠眼睛所見的事物，至少必須了解以下這三件事：第一，他所面對的現實。第二，能影響他內心的想法。第三，改變他人生的愛。對於視障者來說，圍繞著他的現實、他所堅持與追求的想法與工作，以及足以改變他人生的愛等，都是比視覺障礙更加重要的事。例如對我來

說，負責精準分析證券的工作、在這個不公平的世界要如何活下去的想法，以及我對家人的愛等等，都比我看不見以及因此必須在上下班時所承受的不便更加重要。

我們把身心障礙這件事從這個故事裡拿掉，再來思考看看。我們對家人、朋友、同事、鄰居的理解，都僅止於眼睛所能看見的部分，很可能離真相很遠。就像外表看起來沒有無憂無慮的人，其實可能有說不出口的煩惱；總是面對困難挑戰的人，或許內心還是感到幸福又滿足。如果只關注自己住在幾坪大的房子裡、開什麼車出門、穿怎樣的衣服和使用怎樣的配件等外在包裝，便很難看見內在的真實。如果努力跨越這一切去觀察一個人的想法、思慮、希望、恐懼等最精華的部分，努力擁有「像 X 光一樣的觀點」，那是不是就能減少對他人的誤會，增加對他人的理解呢？

用心去看、去面對
我們所愛的人

——

如此就能知道自己
應該成為怎樣的人

　　從小我便常聽家中的大人說著，他們相當擔心我的前途，在我出生未滿百日之時，他們得知我的眼睛狀況不好後，便比擔心哥哥和弟弟更加擔心我。他們的擔憂大致有三：第一是該如何教育一個視力太差無法看得很遠的孩子，第二是對我未來職業的擔憂，第三則是我是否能夠找到結婚對象。

不過我並不太擔心我的未來，讀書這件事只要我認真盡力就好，當時我還很年輕，也不太清楚職業的重要性，所以我絲毫不擔心什麼未來發展。不過「結婚」這問題我自己也很在意，尤其聽了家中一位長輩說的話之後，讓我更加擔心。長輩說鄉下有很多學識不高但很善良的女性，只要找一個這樣的人來結婚就好。我後來才知道，這種想法當時並不少見。在盲人學校裡也遇見幾位曾聽家中長輩說過這種話的朋友。當時我們跟彼此和自己約定，如果真的無法結婚就一個人生活，千萬不要隨便找一個無法溝通的人來結婚。

／ 繫在左腳腳踝上的
隱形紅絲線

當孩子還小的時候，通常都會記住大人們曾說過的話，尤其是那些讓人傷心或感動的，會記得更久，有時甚至會終身深埋在心底。讓我隨便找個學識不高但是善良的鄉下女子結婚這句話雖傷害了我，但舅舅女友跟我說的話卻帶給我希望。

這名後來成為我舅媽的女子，這樣向我解釋關於遇見配偶

這件事。就跟世界上所有人一樣，你的左腳腳踝上，也綁著一條眼睛看不見、手碰不到的紅絲線。這條線的另一端連接了另一個漂亮女孩的左腳踝，總有一天你會遇見她並且和她結婚。當時因家中長輩說的話而感到傷心的我，清楚地將這段美好的話烙印在腦海中，一想到我與我未來妻子早就綁在一起的那條隱形線，我就覺得安心不少。

後來我遇見的同齡女子中，也有不少人讓我擁有美好的想像，希望自己透過絲線與她們緊緊相連。不過有時候會想，絲線的另一端綁著的或許真是從不曾說過話的鄉下女子，又讓我非常擔心，尤其在我心儀的女生對我絲毫沒有興趣時更是如此。

可能當一輩子單身漢的擔憂在我腦海中揮之不去，而這也是視障者普遍會有的煩惱。例如我所生活的北紐澤西，到了 11 年級（高中 2 年級）時，大部分的孩子都會開始開車。跟女友約會時一定要開車，而這便成了我的絆腳石，所以星期五晚上或星期六在家讀書時，我都會因為自己無法開車而難過。

進入大學後，想盡快找到伴侶的想法使我心急如焚。因為高中老師在我們畢業前告訴我們說，不要太早結婚，但也不要

太晚結婚。老師教導我們太早結婚會因為還沒做好準備，雙方就像兩個孩子，在生活上容易遇到問題卻不知該如何解決；太晚結婚則會因為想法過於根深蒂固，生活習慣、觀看世界的價值觀固化而難以和諧共處。因此他強調，認識配偶最理想的時機就是大學。這也讓我經常在想，如果在大學時沒能找到左腳踝絲線與我相連的人，那我就很有可能要單身一輩子。

大學時期我常去的波士頓韓人教會，也曾經有人提醒我，應該要開始認真思考未來的配偶。列出理想配偶的條件，並且一項項禱告。不過我的條件跟寫了好幾頁、寫了 10-20 幾條的朋友相比，真的是既短又簡單。

我的條件只有能接受我、愛我的基督徒女性，可以的話希望是韓國人而已。當然這是連我的障礙都能接受的意思，不過世上是否真有這種女人嗎？這疑問始終在我腦海中揮之不去。

╱ 「緣分」是眼睛看不見的

要找到緣分絲線與我緊緊相連的人並不容易。我曾經問過

大一開始就跟我很友好的女生說，對結婚時得到父母的祝福這點有什麼看法。不知她是否聽出了我的意思，她回答說，結婚時父母的祝福非常重要，至少對我來說是這樣。

這個問題對我來說有著獨特的意涵。就讀首爾盲人學校時，學長們都開玩笑著說，讓我們盡量找沒有哥哥的女生談戀愛。因為很少有父母會同意女兒跟視障者結婚，如果這女生有哥哥的話，那視障者甚至可能遭遇危險。同是視障者且被痛打一頓的學長曾如此忠告。

當然，我沒問那個女同學是否有哥哥。如果她哥哥要打我，那讓對方打個一、兩次是沒什麼問題，不過父母的允許和祝福，對我來說也同樣重要。所以，我心想與我有緣的那個人或許還在它處也說不定。

後來我才知道，命定裡跟我有緣的那個人，和我在差不多的時間點離開韓國，跟著父母移民到巴西。這名與我同齡的女子獨自從巴西來美國留學，同時讀書、上教會、打工、做義工，過著非常充實的生活。最後我在 1995 年初，遇見了後來結婚後改名成為「葛蕾絲・根珠・慎」的現任太太。

當時，我偶然參與紐約奇蹟身心障礙者傳教會這個團體的聚會，根珠在那裡當義工，教導有智力障礙、自閉等問題的兒童。前幾個月我們對彼此都沒有什麼關注，這是有原因的。因為她不是個和藹可親、會主動親近陌生人的人，也不像其他女生一樣對我的導盲犬維克（Vic）有興趣，只是一直抱怨狗毛到處亂飛，讓我感覺很不好。

當我還無法辨認紐約奇蹟身心障礙者傳教會每個人的聲音時，就很好奇那個唯一一個在抱怨導盲犬的女人是誰。所以我問了傳教會的總務，我還記得他當時回答我說：「是個叫韓根珠的老小姐，你對她有興趣嗎？」

「沒有。」我聽到後甚至暴跳如雷，很多姊妹對我和我的導盲犬都很友善，我怎麼可能會對一個抱怨我的女人產生興趣？！而且我當時以為她年紀很大，又怎麼會對她有興趣呢？後來我才知道，根珠其實只比我小 8 個月，我們都是實歲 27 歲。

在學校一起讀書後逐漸熟悉，與在傳教會一起工作後變熟悉，這兩者其實沒有太大差別。在學校或教會都可以更自然地了解彼此，對彼此產生興趣。負責為傳教會義工規劃夏季露營

事宜的我，沒有選擇向視障男性喜歡的，擁有甜美聲音的女性請求協助，而是找了聲音中充滿自信的<u>根珠</u>姊妹來幫忙。她以除了煮飯之外都可以幫忙的條件答應我，當時我們都不知道，這將會是第一條我們必須遵守一輩子的約定。

除了忘記露營手提燈之外，我們規劃的那次露營可說是非常成功。當大家問我們怎麼會忘記手提燈時，我把責任推出去，要大家去問籌劃人員中唯一一個需要手提燈的<u>根珠</u>姊妹，<u>根珠</u>則又把責任推回來，說讓大家去問身為總負責人的我。別人總愛說，決定要結婚的原因之一，就是做錯事時可以有互相推卸責任的對象。所以當時我們拿手提燈這件事互開玩笑時，我第一次對她有了不同的感覺。

╱ 愛是不受現實條件束縛， 用心看見對方

我們瞞著其他人偷偷約會了好幾個月，當兩人的體重都有明顯增加時，開始討論起結婚的事。因為比起經常外食，一起生活、一起做飯吃好像更有助瘦身。雖然我們年紀還不算大，

38

不過我覺得應該要在生活習慣定型之前快點結婚。原本我們打算聽從根珠父母的建議，以結婚為前提交往三年看看，如果還沒改變心意就結婚。只不過根珠父母在了解我們想早點結婚的想法後，似乎也認為等不等這三年也不會有太大改變，當然也有可能是因為擔心我們長期外食導致體重不斷增加，最後答應我們早點步入禮堂。而曾經讓我心驚膽跳的根珠哥哥不但沒有打我，反而初次見面就用非常友好的態度跟我說話。記得曾有人說過，人們擔心的事情中有大部分都不會發生。

新婚期間我曾問過根珠有沒有列過配偶的條件，她說她列了很多條件，但感覺上只是浪費時間。她說從沒想過自己會跟一個子矮、任誰來看都不瘦，而且還是身障人士的對象結婚。她在上一個傳教會時參與過一次是否會跟身障者結婚的討論，幾名姊妹中唯一一個回答說絕對不會的只有她，但最後竟成了其中唯一一個跟身障者結婚的人。

我問她為什麼想跟我結婚？根珠說有 3 點，我能溝通、能信任，且總是能支持她。至於我為什麼想跟她結婚，我則回答說因為我喜歡她的自信。當我們走在一起時，投射在我們身上的視線，尤其是來自韓國人的關注，這些都不會讓根珠感到尷

尬或不好意思。

　　向大家公開我們的關係後，根珠甚至覺得跟我約會是件很驕傲的事，而且也表現得非常自豪。當我擔心未來出路時，根珠說她一個人賺錢也足夠養活我們兩個，我認為這樣的自信十分珍貴。

　　回想起來，我認為在準備結婚時，有兩點一定要放入條件當中。列出期望的配偶條件固然重要，但更重要的是應該寫出希望自己對配偶來說是個什麼樣的人。根珠用她的落落大方贈與我自信，而我則回報以終生予以支持的信任。真不知道當時為什麼我們兩人都沒有期待著結婚後可以成為更有錢的人，或是希望過上更優渥的生活。這或許是因為我們都認為，那些目的可以透過我們的力量、愛與信仰實現吧。結婚至今已19年了，如今的我們育有兩個孩子，並一步一步朝共同的目標邁進。

不能被偏見
蒙蔽雙眼

——

那會使你扭曲
這世界的一切

　　作為一位人們口中的視障者，在美國雖然沒有分級，但在韓國我卻被歸類為「一級」視障者，（這是我唯一不需要努力，就可以獲得一級的事。）這代表我是一位重度視障者。連光線都看不見，視力像滾水中的冰塊一樣澈底消失的人，便會被賦予這樣的「等級」。

其實失去視力只是視障的開始，真正使我感覺自己真的是視障者的，除了眼科醫師的診斷外，人們盲目且深信不疑的想法，這才是我們生命中最巨大的障礙。

／ 看得見的人，反而可能
會落入有偏見的陷阱

當看得見的人遇見失明者，或者是試著想像失明者的生活時，通常有兩個原因造成錯誤的想法與態度。

第一個是可能影響所有人的「偏見」。例如肥胖的人就是懶惰、一流大學的畢業生便絕頂聰明且出色、高個子男性很可能極具野心等等。

我所經歷的偏見當中，最令我印象深刻的是紐約最大韓人教會的牧師，對該教會一對聖徒夫婦提出的建議。他們的女兒要跟一位視障者，也就是我結婚，他們為此尋求牧師的意見，牧師說視障男性會有很嚴重的疑妻症。

言下之意就是如果不希望女兒被懷疑、被打的話，就應該

反對這門婚事。但牧師後來一聽這男友是哈佛大學畢業，且在麻省理工學院攻讀博士學位之後，便立刻改變立場說應該要讓他們結婚。

雖然不知道他是否認為學歷高的人較不會有疑妻症，或是覺得跟學歷高的人一起生活比較輕鬆，所以稍微被打也沒關係，總之，我是因為學歷好所以才在沒遭遇什麼反對的情況下順利結婚的。從這位牧師的態度中，可以同時看出對視障男性的負面刻板印象，以及對高學歷者的正面刻板印象。

／ 偏見會衍生出錯誤的期待

第二是對視障者的「錯誤期待」，例如視障者的聽覺特別出眾之類的。雖然就統計上來說這是具有可信度的說法，但並不適用在我身上，因為我的聽覺不僅沒有比別人出色，反而還很差。

但這樣的期待至少是正面的，畢竟世上更多的是負面的偏面。曾有件讓我至今仍無法忘懷的事。高中時期我為了取得美國永久居留權而拼命查詢方法，依親移民、工作移民對我來說

都不可能，所以當我與紐澤西州服務視障者機構的負責人見面時，便請他幫我取得永久居留權。我問他說，既然他跟紐澤西的州知事熟識，不如跟州知事提一下我的事情如何，於是他便介紹了一名跟州知事非常友好的在美韓僑給我認識。

那名韓僑名叫金醫生，雖然不清楚他與紐澤西州知事是什麼關係，但總之感覺上他是個在政治上很有權勢的人。我曾認為他可以遊說紐澤西州的國會議員，讓我能以特例取得永久居留權。

但沒想到我與他唯一一次的通話，竟是在有些不愉快的情況下結束的。我們的對話從他說我應該能夠順利取得永居權開始，但當我一說起自己的目標是普林斯頓大學時，他的態度便有了一百八十度的轉變。他反問我，當初說的不是紐澤西州立大學羅格斯嗎？我強調自己從來沒想過要報名羅格斯大學，長春藤聯盟之一的普林斯頓大學才是我的第一志願。接著他便氣憤地對我說，普林斯頓絕對不會接受我。

當時他對我的了解只有三點，姓名、留學生以及視障者。他不知道我的在校成績、SAT（譯註：SAT 的全名是 Scholastic

Assessment Test，是美國大學委員會（The College Board）委託教育測驗服務社（Educational Testing Service）所舉辦的大學入學能力測驗）等大學入學考試成績等，也不知道我在學業之外參與了哪些活動，更不了解我的個性，而且普林斯頓也沒有不接受韓國留學生的政策，他竟斬釘截鐵地說我絕對無法進普林斯頓。不過我還是不知好歹地回說我不會更換目標，他便說那之後再跟我聯絡，然後就掛上了電話，可是他根本沒有問我的電話號碼。

現在回想起來，我還是不知道他為何斬釘截鐵地認為我考不上普林斯頓大學。是他對普林斯頓有異於常人的了解嗎？例如，普林斯頓有不接受視障學生的規定，會在審查入學資料時先淘汰視障學生嗎？不過我申請的那年，我跟另一位女性視障者一起被錄取了，再加上學校裡還有另外兩名視障學生，所以我想絕對不是有什麼歧視規定。最後我只能做出一個結論，金醫生的主張是源自於他對視障者的期待。我也偷偷想過，如果像他這樣的人在政治上、社會上或教育上擔任重要職務，可能會對身心障礙者的人生造成重大影響，尤其是對那些缺乏自信的身心障礙學生來說，肯定會有負面影響。

視障者畫地自限的態度，對人生的負面影響更強大

「視障者的態度」也是成為身心障礙者畫地自限的重要因素之一。許多身心障礙者都認為自己有殘疾，所以這個也不能做、那個也不能做，這樣造成的負面影響更加強大。

舉例來說，視障學生就讀的學校如果有教射箭課，大多數的人肯定會認為該名視障學生無法參與，不過我高中的射箭老師卻有不同的想法。他相信我做得到，還反過來說服我說會找找看有沒有什麼方法，可以克服我看不見靶這件事。

他先標出我射箭時要站的位置和靶的位置，並且把教室裡的桌子拿來堆在我面前，避免我瞄準靶子的角度偏移，而我則站在桌子後面努力把肩膀擺正。當我抬頭看向前方時，老師也想辦法讓我的臉能夠精準地面對箭靶。接著老師協助我把箭搭在弓上，將箭的方向調整至對準我前方的箭靶然後再射出去。我不斷地練習，同學幫我把箭撿回來後，我再繼續射出。箭中靶時，班上同學就會大聲歡呼並鼓掌，雖然這並沒有經常發生。

我透過這樣的經驗學到的並不是射箭的方法，而是擺脫「世上有很多失明的人做不到的事」的智慧。對於視障者來說看似不可能的事，只要稍微用點創意改變做法，就有機會把不可能化為可能。後來我會到華爾街挑戰到投資銀行跟證券分析師的工作，也或許與當時獲得的自信有關。

／　覺得自己「什麼都做得到」，　這想法往往彌足珍貴

　　偏見、錯誤的期待以及畏縮的態度等，這些可不是只屬於身障者的煩惱。除了身心障礙之外，現實中還有很多事可以提醒我們所面臨的現況。艱困的家庭環境、能力受限而且總是無法如願、沒有什麼幫助的社交能力、凡事都抱持負面想法的態度等等。無論你是否是一個身障者，這些問題都會持續使我們困擾，並大大左右我們的人生。

　　人們常說：這世上有許多只要努力就能做到的事，但也有無論如何努力都無法做到的事。不過我覺得每個人區分這兩者的標準都各不相同，這些差異並非永恆不變。其認定標準也會

因個人想法而改變，也就是說，不能做到的事，也有機會成為能做到的事。

我的美國媽媽曾對我說：「與其期待世界改變，不如先改變自己。」自己改變了，世界隨之變化的可能性就會變大。

這成為我克服身障的重要建言，這句話不僅適用於克服身障。擁有一顆讓自己不被別人對於環境或背景的偏見與期待所困，能夠盡情去做任何事的心，是多麼重要的一件事！如果我們能比任何人都搶先一步，摘下眼前那名為錯誤心態的眼罩後再去看這個世界、去看自己，那麼許多人所面臨的人生障礙，是不是都會慢慢開始倒下呢？

04

你看不見的
簡單智慧

—

從「噪音」中
分辨出「訊號」

　　很多人都好奇，視障者該如何使用電腦。類似信用評等公司投資分析師這種，平常是透過電子郵件或電話跟我聯絡的人，直接見到我本人時，總會對我是視障者一事感到驚訝。其中一個原因，就是他們無法輕易想像失明的人該如何使用電腦。尤其我常寫電子郵件，也經常閱讀網頁文字，還很擅長下載檔案、

檢視 EXCEL 表單等等，他們簡直無法想像我是如何做到的。所以只要有機會和時間，我就會直接邀請他們到辦公室來，讓他們看看我使用的電腦。至於沒辦法親自前來的人，我就會對他們說：「請試著把你現在用的電腦螢幕關掉，然後別去想像用眼睛看電腦螢幕，而是想像電腦用語音、用動態的『點字觸摸顯示器』（譯註：很多點浮現又消失，用點字來顯示電腦內容的機器）將螢幕上的資訊傳遞給你，這就是螢幕朗讀軟體可以為我做的事。」

我使用的電腦其實也不特別，就是很多人在用的微特爾（wintel）電腦，也就是由英特爾製造的處理器，加上微軟的 Windows 作業系統為主的一般電腦，只是我一定要裝螢幕朗讀軟體才能使用那台電腦。而我經常使用的程式，也是 Word、Excel、IE 瀏覽器等大家常用的軟體。不過我不太需要在意螢幕（通常不需要開啟），只用耳朵聽或用手去讀螢幕朗讀軟體輸出的資訊。

我過著跟一般視力健全的人差不多的生活，人們總會說我非常了不起，但其實我覺得現在這個世界比我更了不起。多虧了這些能夠減少不便之處的特殊科技，像我這樣的身障者才能名正言順地成為二十一世紀社會的一員啊。

眼睛所看見的，
80% 以上都是無用的

　　能透過眼睛學習的一切都是資訊。包含身邊事物的形態與位置、接近我的人的樣貌與走路速度、坐在我面前的人的表情與行動、總能讓妻子感動的大峽谷之雄偉等等。這些視覺資訊都會透過眼角膜、視網膜以及視神經，以視覺領域的刺激進入我們的大腦。如果這條路徑上的任何一項機制沒有啟動，人就會失明，所以視覺障礙其實就是資訊習得障礙。

　　但如今新時代來臨，視障已經不再等同於資訊習得障礙。我在盲人學校學點字時，學習所需的資料當時還很缺乏，但過了將近 40 年的現在，狀況已經大不相同。如今只要有心，視障者也能輕鬆獲得大量資訊。不是因為出現了更多專為視障者出版點字書、語音書的機構，而是因為在資訊傳遞的高速公路上，滿載著如天文數字般的爆量資訊，也就是多虧了網路以及可以快速連上網的電腦、智慧型手機與平板電腦等科技。

　　近年來我們幾乎可以說能用谷歌這類的搜尋引擎找到所有資訊，也可以輕易找到每天、每個小時全世界媒體發表的新聞。

此外，也能透過電子郵件、聊天軟體、社群平台與他人互相交換訊息與資訊。視障者也和一般人一樣，只要使用螢幕朗讀軟體，幾乎能用相同的方法查找資訊。當然，以照片、圖片或影片為主的內容，就比較難百分之百完全理解了。

不過，有一點很諷刺，那就是我們近來雖然可以大量查找、透過社群平台吸收資訊，其中卻有許多無法提供生活幫助，或反而讓身障者的生活品質大幅下滑。某一天，我讀了克萊‧卡爾所寫的小說《殺戮時光（Killing Time）》，主題是「資訊不是知識（Information is not knowledge）」，講述透過網路讓一個虛構人物當選國會議員的故事。閱讀這本書時，我想起大學時發生的一件事。

當時我就讀哈佛大學，在學校的電算中心打工，也有其他的韓裔美籍學生在那裡一起工作。其中一位學生以相當逼真的手法，寫下韓戰始於南韓與美國一起入侵北韓，並將這段內容上傳到網路上。

結果很多人將這段文字當成真的，並開始辱罵南韓和美國，轉而擁護一直被誤會的北韓。我問那名上傳這段文字的學生說，

是否真的相信這個侵北說，結果他卻反過來罵我是神經病，說他只是想做實驗才這麼寫。他很想知道如果將捏造的證據寫成文字，會有多少人信以為真，所以才這樣做。後來只要我在網路上看見難以置信的文章，都會想起那名學生與那段文字。

/ 少即是多（Less is more）

所以，「篩選網路上的爆量資訊」這件事對我來說非常重要。雖然我能查找、閱讀的資訊不太受限，但比起能一眼掌握螢幕資訊的人，我吸收資訊的速度確實還是比較慢。即使把電腦說話的速度設定到最快，但和那些可以直接從螢幕獲取到理想資訊的人相比，而且點字顯示器一次只能顯示八十個字，我確實需要花費較長的時間才能獲取相對等的資訊量。

這樣一來，我便必須培養出只閱讀、檢視必要且重要資訊的能力。比起被動地閱讀他人針對特定主題所寫的文章，我開始養成自己查找、閱讀必要資訊的習慣。我會先去找「第一手資料（primary source）」，而不是「第二手資料（secondary source）」。

也透過經驗，確認提供資訊或文章的團體及寫作者的可信度，判斷閱讀的先後順序或是確認是否需要閱讀。因為視障的緣故，我只能自己研究出這樣的資訊學習風格和習慣，這對於我的工作有很大的幫助。證券的長期價值雖是由客觀因素決定，但每天層出不窮的謠言、新聞及人們的見解等，會使價格時刻變動，很少有人能在吸收所有資訊的同時又不會輕易被動搖。所以，只要完全不看這些謠言或低可信度的新聞與見解，就能避免自己多花時間重新計算證券的價值或進行不利的交易。

　　此外，這種資訊學習與分析的方式，也對生活很有幫助。我學會忽略網路上或電子郵件中隨處可見的廣告，也能戰勝那些毫無用處的誘惑。在社群網站上只搜尋自己想看的東西就好，很少會浪費時間或讓自己的情緒受不必要的莫名影響。

　　就像證券的價值是隱形的、由幾項簡單指標所決定的一樣，人生中重要的簡單事物，往往也是眼睛看不見的。例如，婚姻是為了讓彼此相愛直至一起變老、但愛不只是一種感覺，也是你的決定和責任。由你決定生幾個小孩、住在怎樣的房子、夫妻如何分配家事等問題。

人類的五感之中，視覺通常能最快獲得最多且大致上正確的資訊。我在 9 歲時失去了這樣的視覺，但我認為生活在現代的我們，透過視覺，尤其是透過螢幕獲得的資訊中，真正具有幫助的東西並不多。視障者被迫失去了透過雙眼看東西的權利，但一般人卻是無法選擇拒絕，大多數的人都忘了他們可以選擇不看。

　　於是真正該看的東西，例如孩子渴望父母關愛的眼神、母親生氣時掩飾不住的悲傷、配偶因孤單而黯淡的神色等，人們卻反而對之視而不見。在容易接觸大眾媒體與社群平台的今日，如果能將視線從這些東西上移轉開來，仔細用心地端詳所愛之人的臉，或許便得以擺脫世界的「噪音」，活出關注重要「訊號」的人生。

You are not handicapped. You Just can't see.

（你不是身心障礙者，你只是看不見）

我記得父親第一次跟我說這句話時，我並不覺得這是什麼好話，或許是因為感覺到我的不愉快，所以他便換個方式鼓勵我：「You are not handicapped. You are handycapable.（你不是身心障礙者，你是有用的人。）」

英文字典裡並沒有「handycapable」這個詞，這是將代表「手藝」、「好手藝」的「handy」，和代表「有用」之一的「capable」合在一起的字，聽起來就像「身心障礙（handicapped）」，這是我父親自創的單字，也是他想跟我說的話。無論看不看得見，有用的人還是能做很多事，而那個人就是我。

說來奇怪，他一直跟我說這一類的話，居然慢慢地讓一直把視障當成人生最大阻礙的我，漸漸開始有了改變。過去我總覺得因為失明，所以很多事情都不能做，後來卻改掉這個思考習慣了。

父親為了我所想出的這句話，讓我的生活開始變得多采多姿。我嘗試參加每個月舉辦的數學競賽，後來也參加了學術十項全能競賽（Academic Decathlon）。從 10 年級開始，我每年春天都會演出學生音樂劇，升上 11 年級那年還參選學生會長，成為學校史上第一個擔任兩屆學生會長的人。我的父親當時的那句話，竟讓我意外地擁有了無所畏懼的自信。

歷經漫長的歲月之後，
我會在某個時刻嘆著氣講起那個故事。
森林中有兩條岔路，
我選擇人跡較為罕至的那條，
從此澈底改變了我的人生。

——節錄自羅伯特‧佛洛斯特〈未行之路〉

重要的事 之二
————————

夢想

十六歲生日時，
攝於從紐約往
洛杉磯的飛機內。

「走著走著，有時候必須回頭，有時候必須重新調整方向，
有時候甚至要改變目的地再出發。
但重要的是，在抵達目的地之前要持續前進。
若能接受綿延不斷的彎道、上下落差大的坡道，
以及滿是障礙的危險道路，
路，便會理所當然地出現在我們眼前，
那便能在險峻的路途上，也不失去自信與希望。」

60

夢想越大越好，
荒誕無稽也無妨

——

十五歲獨自踏上
美國留學之路

1939 年上映的電影〈綠野仙蹤〉裡的少女桃樂絲，總做著荒誕無稽的夢。她唱著，希望能前往彩虹之上那隨時都能聽見搖籃曲的國度，那裡能化夢境為現實、有青鳥在空中飛翔，所有問題都如檸檬糖般融化消失。在那首歌的結尾，桃樂絲唱出整個夢想中最荒誕的部份：「幸福的小青鳥能飛越彩虹，為何

我卻做不到？」

依照電影的情節，桃樂絲會跟著龍捲風前往那個國度。

如果說在〈綠野仙蹤〉裡，帶領桃樂絲前往彩虹之國的是龍捲風，那帶領我進入夢想國度的，就是沒有資質卻又咬牙苦練的鋼琴。

/ 推倒夢想的黑之花

西元 1967 年 1 月生的我，本來應該是在 1973 年春天入學就讀，但那時的我因視力不佳無法入學。我仍記得那年每天數著日子期待 1974 年春天來臨，夢想能去上學的自己。三百天、兩百天、一百天……但就在 1974 年初，黑色的花朵瞬間緊貼在我的眼前，令我夢想中的春天如融雪般消失。

只要睜眼，那花便時刻在我眼前，雖然我嘗試伸手摘下，卻摸不到任何東西，身邊也沒有任何人能看見那朵花。大人說其他人都看不見，卻只有我能看見的話，那就是鬼在捉弄我。只不過那朵如影隨形的黑之花，似乎跟鬼一點關係也沒有。

那朵花不僅不可怕，更讓我覺得只有我能看見它真是神奇至極。當我在堤防上奔跑時，那朵花仍沒有離開我，成了只有我一個人知道的寶貴祕密。

不過那朵花可不是什麼禮物，我應該要比鬼的玩笑更感到畏懼，因為那是我三年後將要完全失明的警告。雖然不知原因為何，但我一直仰賴的右眼也發生了視網膜剝離。視網膜連結眼球與視神經，會將眼球所看見的影像傳送至大腦，而我將視網膜剝離所產生的視覺盲點，當成是黑色的花朵。

視網膜就像蛋殼內側的薄膜一樣輕薄，當時幾乎沒有能處理視網膜剝離的醫學手段。雖然現在有雷射手術，但 1970 年代的韓國唯一能針對視網膜剝離所做的處置，就是用手將剝落的視網膜縫回去。雖然我做過兩次這個手術，但都宣告失敗。醫師在 1975 年的夏天，告知我父母說他們束手無策。

雖然無法跟哥哥或鄰居朋友一樣，進入一般學校就讀，但不久之後我又開始有了其他夢想。進入專門教育視障學生的首爾盲人學校後，我聽說視障者難以進入大學，而且雖然在頂尖的延世大學中有幾位盲人學長姊，但盲人絕對考不上首爾大學，

因為首爾大學規定，視力一定要達到某個程度才能入學。

　　雖然不知道這是否為真，但我卻因此下定決心，一定要考上首爾大學，讓大家知道視障者也能在韓國最好的大學讀書。當然，當時這只是毫無依據的空想。

／ 他人看來無比荒謬的
　 那些夢想

　　宛如浮雲般的夢想，一個又一個地不斷在我腦海中浮現。例如一位我相當尊敬的高中部學長成為 MBC 問答節目 (MBC 是韓國文化廣播公司的縮寫) 的第一名，我就會決定要成為「第一名中的第一名」，但這種幻想都還只是小事。

　　在母親的建議之下，應該說是在她的強迫之下，我從 1976 年秋天開始學鋼琴，她的目標是把我培養成盲人學校的音樂老師。學彈鋼琴的過程中，常聽別人稱讚我很快就把點字樂譜學起來，熟記曲子的速度也很快等等，不過也常聽人說我完全沒有音樂天分。首爾盲人學校裡有許多有音樂天分的孩子，而我

可以說是差到不值一提。我不僅是音痴，更說不出自己被哪些特定的音樂所感動。

但即便是如此，我還是夢想能在國際大賽中拿下第 1 名，成為一位在全球各地巡迴的知名鋼琴家，而不是成為一位學校的音樂老師。當然，那都是在我拿到問答比賽第 1 名，從首爾大學畢業之後的事了。

夢想這東西真的很奇妙，至少對我來說是這樣。如果有人跟我說做不到某件事，我反而會將那件事當成夢想和目標。聽說視障者都無法跨過首爾大學的門檻，我便堅定決心要進入這所韓國最好的大學。而成為國際級鋼琴家的夢想之所以萌芽，也是因為常聽他人說我沒有音樂才能。或許有人會說我真是個不服輸的人，但我也無法理直氣壯地說他們錯了。

儘量這些夢想他人看來荒謬，但熱切於追求夢想對我來說的確有優點，我相當清楚如果我想進入最好的首爾大，至少課業成績一定要比別人更好。所以除了學校提供的點字教材之外，我還另外認真研讀了母親為我用心準備的全科目點字參考書。我每次都相當努力考取班上第 1 名，如果考試分數比預期要低，

就會難過到睡不著覺。

從某個角度來看，我這種只熱衷追求分數的讀書方式可以說是很沒效率，因為小學成績對於一個人以後的人生其實並沒有什麼影響。我也沒有透過這個經驗實際學到什麼知識，而是領悟到要如何才能有效學習。有效學習知識的方法、維持學習熱情的習慣、為達成目標的努力等，這些對我往後面臨的眾多挑戰都有許多幫助。

／ 夢想，是改變人生的 隱形翅膀

1980 年的夏天我升上五年級，並參加聯合世界傳教會這個團體主辦的營隊。那是為視障者與混血學生舉辦的夏季營隊，可惜因為當天雨下太大，我們無法依原定計畫在戶外進行活動。在室內做禮拜、玩遊戲能消磨的時間也有限，但或許說是因禍得福吧，那個糟糕透頂的天氣為我們帶來了自由活動的時間，而就在那段時間內，發生了足以改變我人生的大事。

為了讓在營隊認識的朋友見識我的演奏實力，我坐到禮拜講堂的鋼琴前，彈起速度極快且華麗，稍微出錯也不太容易被一般人發現的「舒伯特即興曲 op.90 之 2 號」。彈完這首曲子之後，朋友們大力為我鼓掌，正當我正感到開心時，有一名外國男子突然走到我身邊，用英文詢問我的姓名、學校與年級。剛好有位朋友的父親是美軍，他為我翻譯了那名外國男子詢問的資訊。

　　後來，幫忙翻譯的朋友父親說，那個問我名字的人，就是主持聯合世界傳教會的傳教士，還說這樣的人竟跑來問我的姓名和學校，肯定會有好事。現在回想起來，當時如此推測的人，或許也想像不到在那次會面之後，我的未來人生會發生什麼事。

　　升上 5 年級秋季學期開始沒多久，聯合世界傳教會就和我母親聯絡。說由首爾盲人學校組成的男子四重唱團體很快就會到美國進行巡迴表演，傳教士希望邀請我擔任伴奏。在那生平第一次參加的夏季營隊裡，因為糟糕透頂的天氣讓我與傳教士偶然相會，進而帶給我隔年 1-3 月到美國進行全國巡迴表演的機會。那趟巡迴表演中造訪的費城歐弗布魯克盲人學校後來邀請我去留學，促使我在 1982 年夏天踏上始料未及的留學之路。許

多改變我人生的事情，就這麼開始了。

我沒能按照原定計畫進入夢想的首爾大學，也沒能成為問答節目的冠軍，甚至連挑戰的機會也沒有。當然，也從來不曾靠近過成為國際知名鋼琴家的夢想。不過，因為我總是懷抱著許多夢想，這讓我在美國留學時也獲得許多好機緣。我在一般高中與美國一流大學讀書，然後進入華爾街就職，還跟心愛的人相遇並組織家庭……。我總持續地做著誇張的夢，而其中有好幾個真的如我所願地實現。

所以我總會對學生們說：夢想越大越好，而且必須非常荒誕無稽。例如你是知名餐廳經營者的小孩，那繼承餐廳就不算是遠大的夢想。如果你是那間餐廳擦盤子的員工，懷抱總有一天要收購這間餐廳的野心，才足以稱之為夢想。唯有這種夢想，才能讓我們擁有翅膀，帶我們抵達彩虹另一端、按照理想盡情過活的國度。

06 路可以隨時
重新探索

—

從盲人學校到一般學校，
從鋼琴師到醫師

　　在導航普及之前，太太總要我好好擔任助理駕駛的工作。開車去旅行之前，我必須先打電話去目的地，如餐廳、教會或遊樂園問清楚路，再將對方告訴我的路仔細用點字電腦記錄下來，唸給負責開車的太太聽。

例如要在幾號公路走幾哩、從幾號出口離開，或是在哪條街上的第幾個紅綠燈右轉等，協助她順利駛達目的地。不過導航出現後，只要輸入目的地就會顯示路徑，該轉彎時就會出聲提醒，我這個報路助理的工作也宣告結束。

聽著導航說話時，我總有一個感覺，即使駕駛走錯路、在半路上塞車，這項科技最後仍會重新規畫其他路徑，幫助駕駛最終能抵達目的地。當駕駛無法依照指示時，有些導航會說：「路徑錯誤。」也有些導航會說：「重新計算路徑。」我覺得後者聽起來比較順耳。因為轉來轉去最後都會抵達目的地，這也是我的人生。每當走過的路出現障礙，或走錯路的時候，我就會重新探索路徑，最後終能抵達正確的地方。

╱ 下定決心從盲人學校
轉至一般學校

1982 年夏天，我年滿 15 歲，搭上前往紐約的飛機是我的一大夢想。鋼琴指引我踏上留學之路，我本來以為我會認真練習成為國際級鋼琴家，還曾想像過往來於世界各國，在眾人的熱

烈鼓掌之下完成演奏會的模樣。當然，我在韓國肯定會成為家喻戶曉的鋼琴家，歸國獨奏會一票難求。也因此我認為自己不僅要進入費城歐弗布魯克盲人學校，還要到同一座城市裡，培養年輕演奏家的柯蒂斯音樂學院就讀。

但這夢想的路徑在我剛進入歐弗布魯克盲人學校就讀之後沒多久，就開始一點一點偏離了。那裡不僅有視障學生，更有許多同時擁有多種障礙的學生。也就是說，其中有同時視障又聽障的學生，也有許多視障兼智力障礙的學生，所以學校必須配合學生的能力幫助他們學習。

大部分的老師都對學生沒有太大的期待，只要學生稍微對學業表現出興趣，老師就會給予最高分。例如：假設現在在教拜占庭帝國，老師會說出關於拜占庭帝國的 10 件事並要學生寫下，隔天考試時，學生只要把同樣的 10 件事默寫出來，就能夠拿到分數，所以就連不懂英文的我也能拿滿分。

進入歐弗布魯克就讀 3 個月時我就陷入苦惱。雖然很感謝他們提供獎學金邀請我來留學，但這所學校實在無法滿足我對讀書和知識的渴望。曾經以韓國最高學府首爾大學為目標的我，

覺得待在這個感受不到學習熱忱的地方實在有些可惜，也擔心繼續待在這裡讀書，我或許連考進大學都有困難。

但如果不繼續在歐弗布魯克就學，我只剩兩個選擇，一是回韓國。現在想想，那或許是最好的選擇。韓國有家人朋友，還有直到國中都還跟一般學校使用相同教材的首爾盲人學校，但我的自尊心卻不允許自己認輸回國，一方面是不願別人說我因留學遭遇挫折才回國，另一方面也是因為我並不想承認失敗。我年紀輕輕就踏上留學之路，也自認為做足了心理準備，好不容易才下定決心，如果在這裡輕易放棄，那這就會成為一次真正失敗的經驗。

我盤算著，如果不回韓國並繼續留學，那就得轉到其他學校。但這方法似乎不太可行。這裡沒有可以照顧我生活起居、送我上學的親戚，我也沒有經濟餘力就讀附有宿舍的私立學校。雖然去私學就能更認真獲取知識，但學費也相當可觀。

當時我無比煩惱故飽受消化不良之苦，為我看診的醫師建議我去做精神科諮商。這是我出生以來首次接受精神科諮商，雖然向諮詢師傾吐了自己的煩惱，卻沒有獲得什麼幫助。諮商

師只是簡單地建議我回到韓國，雖然我說了自己的顧慮和想法，但他也只是不斷重複相同的建議。

無可奈何之下，我決定繼續就讀歐弗布魯克，並在這裡竭盡自己所能地讀書。就在歐弗布魯克讀完一學年之後，那年暑假便發生了使我的人生導航重新探索路徑的事。當初帶我來美國的聯合世界傳教會拜瑞・普利特克洛夫特傳教士在我出國留學之前，曾經將我介紹給他的好友，歐麥西夫婦。

他們住在距離費城不遠的紐澤西州，這位傳教士便拜託這對夫妻兩件事，一是連假或感恩節、聖誕節等學校放假期間，帶我到他們家共度假期；二是入學前的幾個星期讓我寄住在他們家，學習英文和美國文化。歐麥西夫婦當時雖然為了治療罹患不治之症的雙胞胎女兒日夜奔波，但還是欣然答應這兩個請求，並且從前一年的夏天開始用心接待我。

所以暑假期間我並沒有回韓國，而是在紐澤西度過第 2 個夏天，並將自己的煩惱告訴他們，沒想到他們的反應令我意外。歐麥西夫婦提議，因為雙胞胎妹妹身體狀況也已好轉許多，接下來就要上大學了，只要我不介意，可以搬去跟他們住，並轉

到當地的高中就讀。

　　我實在無法置信，畢竟前一個夏天我們只一起生活過 6 個星期，後來在幾個假期間也只相處過短暫時光，歐麥西夫婦和我可以說根本是素昧平生。我住在他們家並不是採用常見的家庭寄宿模式，他們沒有向我在韓國的父母收取費用，而且當地高中是公立的，所以完全免學費。雖然現在已經改制，不再能這麼做了，不過當時基塔汀尼公立高中，甚至發了留學生所需的 I-20 入學許可給我。（I-20 是美國學校提供給留學生申請簽證時的入學證明文件，也有人稱為入學許可。）歐麥西夫婦開玩笑地說，都是多虧他們繳的稅才有這個結果，開心地送我上學去。

　　這樣一來，歐麥西夫婦意外獲得了一個兒子，而我也有了美國父母。一開始我叫他們大衛叔叔、瑪莉阿姨，後來開始稱呼他們為爸媽。他們的兩個兒子和兩個女兒則視我為家中最小的弟弟，待我像家人一樣。美國媽媽在 2005 年 12 月去世，現在的我則將獨自與一隻貓住在紐澤西家中的美國父親，以及四散在美國各處的兄弟姊妹，視為我的另一群家人。

後來我人生的導航便不斷重新探索路徑。

11 年級時，我放棄成為國際級鋼琴家的夢想。在父母的反對之下，我不得不做出這個決定，主要是因為即使每天練琴 5-6 小時，仍追不上那些有音樂天賦的競爭者。再加上必須準備大學入學考試，我覺得自己根本不可能同時兼顧鋼琴。我認為必須在學習與音樂之間做抉擇的時機來到，最後我放棄沒有什麼才能也不太喜歡的音樂，選擇了讀書這條路。回想起來，這是個大大改變我人生的重要決定，也因此我沒有進入音樂學校，而是進入哈佛與麻省理工學院就讀。

大學 3 年級，我的人生導航又再度重新探索路徑，但這次有點不同，我所選擇的路出現了障礙，才不得不改變路徑。

我考進大學時，聽了一個學長的故事，有一位名叫大衛的醫師跟我一樣完全失明，卻成為首位進入醫學院就讀的醫學生，而後成為精神科醫師。我聽了他的事蹟後，便決心畢業後要去

讀醫學院。那時期的我費盡心力想要突破種種困難，想讓人們知道視障並不會成為我們人生的絆腳石。

美國醫學院是研究所的課程，所以有意進入醫學院就讀的人，在大學時無論主修為何，要讀的科目都非常多。我將目標設定為精神科，決定主修心理學，並學習醫學院要求的學科，如生物學、化學、物理學等。很少有人會像哈佛醫學院志願生這樣，在競爭極為激烈的環境下讀書，而我就這樣抱著要成為醫生的想法，困苦奮鬥了超過兩年。

但就在大三那年，美國醫師協會發布名為「技術規章（Technical Guidelines）」的政策，讓我成為醫師的夢想破滅。該政策規定，每位醫師都必須在沒有他人的協助之下診治患者。當時沒有會說話的體溫計或血壓計，而我甚至無法看見患者的臉色，因此成為醫師的機率可說是微乎其微。

大受打擊的我覺得委屈，始終無法跳脫出當下的心情。即便我付出大把的努力，但那難以超越的現實障礙仍橫貫在我眼前，這令我難以接受。當時我也曾埋怨上帝，差點就要放棄一直以來支撐著我的信仰。

但令人感激的是，我最終得以改變想法。我反思內心，下決定成為醫師其實是源自於我對於挑戰困難的慾望。我開始檢討，一直以來我人生中的所有決定，會不會都是為了向世界證明什麼而做。如果我真決心非成為醫師不可，那我肯定會無視這項規定而繼續向前，但當時我卻覺得自己必須另尋出路了，也為此徬徨了將近一個學期之久。

　　有了這次經驗，我能更有韌性地面對生命中不停出現的意外，這也造就了現在的我。我的人生其實和大家一樣，總有各種意外和考驗，還不到 5 歲的導盲犬夥伴因車禍死去時、在麻省理工學院一起讀書的好友自殺時、成為 JP 摩根裁員的對象時、太太在艱辛的不孕症治療後終於懷孕，最後卻流產且必須做子宮外孕手術時、岳母和美國媽媽臨終時……我都不曾因悲傷或痛苦而遺失自我。

　　或許會有人認為我冷血，但我只是擁有了人生的智慧，在悲傷時能盡情悲傷、痛苦時能澈底痛苦，同時也不忘期待更美好的明天、更美好的下週，期待自己將會有璀璨未來。

　　人生道路上我們偶爾需要繞遠路，有時必須重新鎖定方向，

甚至有時必須更換目的地。但重要的是，抵達目的地之前必須不斷前進。如果能理所當然地接受我們眼前會有無止盡的彎道、坡段差異大的坡路及滿是障礙的危險道路，那即使在這險峻的路上，也不會遺失自信與希望。

07

小事連結到
大機會

——

直到成為華爾街
證券分析師

　　有時候會有人問我如何進入美國學校讀書，並順利找到工作的經驗，是不是在哪所學校就讀哪個科系，就能夠做自己想做的事？例如在美國排名前十的商學院取得 MBA 學位，是不是就能到世界首屈一指的投資銀行就職？這是計劃或夢想到美國留學的朋友，最常問我的問題之一。

我的答案雖然是「當然可以」，但他們似乎想從我這裡獲得更進一步的「確定」。當然，我不是無法理解他們的心情。如果想進入排名前十的商學院，而且想在如此競爭激烈的學校取得學位，必然需要付出很多努力，也需要很多錢。

　　於是我回答他們，人生在世能夠確定的只有兩件事，一是人人都要繳稅，以及，最後每個人都會邁向死亡；除此之外，沒有人能為你的未來做任何「保證」。就像即使你在高中時始終拿第一名，或在 SAT 測驗（SAT 測驗，由美國大學委員會委託美國教育測驗服務社定期舉辦的測驗，作為美國大學參考入學條件之一的學術能力測驗和評估）或大學的入學考試拿到滿分，仍然會有大學不錄取一樣，也有些公司不錄取學歷出眾的求職者。還有，在國際知名投資銀行工作的人當中，很多人沒有 MBA 學位，也有很多人不是畢業於排名前十的商學院。

　　所以我一直提醒自己：我們是為了達到特定目標而努力、為了將成功的可能性提升至最高而竭盡全力，但這世界卻有很多不按照計畫、不能隨心所欲的事。畢竟我的人生也很少能依照原定夢想和預期的去發展的。

在大學即將畢業的前一年改變未來志向，並不是件容易的
事。如果無法踏上成為醫師一途，那我該做什麼呢？我以自己
的背景為前提仔細思考了一番，最簡單的路就是當教授了。讀
了這麼久的書，我覺得這是我能做得最好的事，如果想繼續讀
書的話，那進入大學教授學生，同時也能做自己想做的研究，
應該是最安全的選擇。

回顧我大學時所學的科目，有趣且能夠做為志業的就是心
理學。無論是要進精神科還是諮商學科都沒關係，這個領域分
為商業心理、組織學，讓我覺得很有趣，未來也具有發展性，
於是當時便將志向調整為這個方向。但我也知道，現在才配合
這個領域的研究所需求，調整自己所學已經來不及。所以哈佛
大學畢業後，我決定轉學，再次就讀大三，並當下開始尋找合
適的學校。後來在 1991 年的秋季學期，我轉學進入與哈佛同在
麻州劍橋市的麻省理工學院。

麻省理工學院有個叫史隆管理學院的地方，由於是理工大

學內的商學院，所以許多教授所學都是與管理科技公司有關的領域，也有許多專門利用數學研究經濟、管理、金融的學者。

在那上課的同時，我認識了幾名教授，其中有人勸我別在大學部浪費時間，應該立刻就讀研究所。所以轉學過去一年後，我便進入史隆管理學院攻讀博士學位。管理學院的碩士學位，也就是 MBA 課程，是為了專業或職場人士所設的課程，完全沒有職場經驗的我，自然無法進入就讀。而博士學位課程則是為準備當教授或喜好做研究的人所規劃，總是在讀書的我便有了入學的資格。於是我意外跳過碩士學位，開始攻讀起博士學位。

╱ 從研究人員到 股市分析員

麻省理工學院史隆管理學院博士學位學程畢業生，90% 都會成為教授，剩下的則會成為顧問。學生與教授，會自然從學習與教導的關係，發展成一起做研究的關係。不過我認為當教授或許並不是我該走的路，由於發生後來的這兩件事，使我最後沒能完成博士學位。

第一件事是隨著美國身心障礙法案（ADA）在 1990 年通過，社會對於雇主責任的關注持續增加。這項法案規定，當身心障礙人士到該公司求職時，雇主不得以身心障礙為由行差別待遇，若身心障礙人士錄取，則應提供「合理調整（reasonable accommodations）」使身心障礙人士得以順利工作。但由於當時法案通過沒多久，能正確理解這項條款的人並不多。許多公司，尤其是大企業努力想搞清楚這項條款，因此需要相關的研究。在如此氛圍下，我自然開始關注起身心障礙法案的研究。

　　還有一個原因讓我開始對證券產生興趣。當時我讀了知名投資基金經理人彼得・林區所寫的《彼得林區選股戰略》一書，開始注意到證券投資的魅力。這本書特別觸動我之處，在於對於從事這行的人來說，成功與失敗的區分十分明確。我覺得如果能決定在什麼時間點買賣，那麼我所管理的基金所賺進的金額，便能直接影響工作成果。無關乎他人的主觀判斷，可以完全依照我所做的成績而獲得評價，這點十分吸引我。

　　當時我隸屬的研究所組織，決定要進行美國身心障礙法案的相關研究。透過研究身心障礙者從事的專門職業，釐清雇主應提供的正當便利性。我將自己對於證券的興趣與這項研究計

畫結合，並將自己的視覺障礙納入研究範圍。於是興起了必須研究從事證券工作之視障人士的想法。我開始與當時華爾街首屈一指的投資銀行聯繫，想詢問他們從事證券行業的視障者是如何工作的。

但結果相當出乎意料，我聯繫的每間公司都沒有視障員工，甚至還有人反問，眼睛看不見該如何從事這一行？而我則堅定地告訴他們，絕對有從事投資工作的視障者，雖然他們努力地尋找，但我所聯繫的這些華爾街大公司都沒有結果。後來才得知，在華爾街從事證券投資業務的視障者屈指可數，而且通常是在自己經營的小公司工作。

由於研究計畫走進死巷，一名教授便向我提議，既然沒有在投資銀行工作的視障者，那不如我自己去嘗試看看。這名教授曾經為了學習警察文化，親自到洛杉磯警局工作三年。他所提議的研究方法，則稱為「參與觀察研究（participative observation study）」。

我覺得從事證券工作似乎比攻讀博士學位更有趣，於是便決定接受這個提議。於是我向曾經聯絡過的幾間投資銀行寄出

履歷，但在研究的當下曾友善回覆我的那些人，卻在我遞出求職信後絲毫沒有任何回應。後來我收到 JP 摩根人事科的聯絡，便在夏天以實習生的身分錄取。

／ 機會是留給準備好的人

於是我沒有成為醫師，也沒有成為教授，而是走上了證券分析師之路。透過這次經驗，我領悟到兩件事：

第一就是，如同母親總對我說的那樣：「學習」永遠不會背叛你。無論我們認為在學校或在人生路上學到的東西有多沒用，它總有一天會派上用場，甚至可能成為你人生中重大的轉折。

例如在念研究所時，我曾短暫學過 SQL 資料庫程式設計語言，這使我獲得進入 JP 摩根的機會。從未雇用過視障者的 JP 摩根想要找一名 SQL 程式設計師，我因為會這項技能而被錄取。也是因為這段緣分，我才能從事金融相關工作。不僅如此，過去為了進醫學院學生物心理學時累積的藥物開發相關知識，也

對後來分析製藥公司的股票帶來幫助。

第二個領悟，就是看似十分平凡的事情，今天、明天都會發生在我身上的那種事，會與生命中的巨大機會有所連結。因為愛讀書而開始對證券有興趣；因為有參與觀察研究經驗的教授向我提議；因為有因研究計畫而搭上線的人提供協助等，為我開啟一次次未曾想像過的未來和機會。我相信，透過這些機會所接觸的工作，比起當醫師或教授更能帶給我樂趣和滿足感。

所以我每個當下都努力學習新知。努力閱讀、感激每天發生的平凡小事。雖然不知這些努力的結果，會在何時以怎樣的形式出現，但我仍經常想像，就這樣生活下去，或許有天又會再發生什麼意想不到的事。

08

將視線
從目標移開，
便只會看見障礙

—

打破困難，
才能實現理想

　　當身障者解決困難且稍微有點成就時，旁人會以他自己的方式去解讀這項成就。例如：透過報章雜誌，或是基督教的集會見證而得知我的故事時，人們總會對失明的人如何能在 15 歲隻身來到美國，又如何能夠進入一般高中，甚至進入國際知名大學與研究所就讀而感到疑惑。

其中有些人相信我比其他人出色，認為我聰明而且非常努力，但也有人認為美國這些優待身心障礙學生的特別關懷政策，對我有很大的助益。例如某教會就曾有人聽了我的見證之後對身邊的人說，哈佛大學這種地方肯定有優待身心障礙學生的政策，因此那邊才有很多身心障礙的學生。

其實我始終無法理解這種想法。我就讀哈佛大學時，一學年大約有一千六百名學生，一到四年級合起來學生人數約六千四百名，整個校園裡的視障學生卻僅僅只有三人。其中一名在韓國是弱視，也就是視力不好的學生，真正看不見的只有我和比我低一年級的女學生，共兩人。

在麻省理工學院研究所讀書時，大學部與研究所加總，也就是整間學校的視障學生只有我一人。從這個情況來看，美國大學特別優待、歡迎身心障礙學生的主張，似乎就不那麼具說服力了。

那麼，該說我是個很優秀的人嗎？曾和我一起生活、一起工作的人都知道，其實我並不特別聰明，也不是會日以繼夜地為某事努力的人。這可不是無謂的謙虛，而是因為我最了解自

己，所以才敢這麼說。回顧我的人生，若我真的全心全意地接受生命中所有的機會與祝福，並為了達成某目標而加倍努力，那麼或許真的能做點什麼對這世界有意義的事。

學著解決當下的困境，
與自身障礙共處

對於如何清除眼前的障礙以讓自己抵達目的地，我經驗豐富。其中最讓我印象深刻的，就是決定挑戰成為國家認證金融分析師。

眾所皆知，我現在所從事的工作是證券分析。也就是透過調查、分析、計算來找出債券原本的價值，並以該價值為基礎低價買進、高價賣出證券。一如其他眾多領域，證券分析領域承認的背景、資格或學位有很多，其中一種叫做 CFA（Chartered Financial Analyst），翻譯過來就是特許金融分析師。

這個考試一年舉辦一次，共要考三個階段，與其說是一種資格或學位，更可說是在尊重協會訂定之專業倫理價值的前提

下，對於從事證券分析者的專業認證。如果真要找類似的比喻，可以說像是貼在優良韓國商品上的 KS 標誌。

CFA 是我在 1994 年進入這一行時得知的認證，因此一直想挑戰看看，只是基於許多原因，我總是錯過參加考試的時機。橫亙在 CFA 這個目標與我之間主要有兩個大障礙。

第一個是從來沒有視障者參加 CFA 考試，協會主張難以提供讓我公平接受考試的環境。而且 CFA 考試有嚴謹的程序，以避免任何人有作弊的機會，無法讓我用點字、聲音輔助或電腦進行考試。第二是我無法用我能閱讀的形式，取得準備考試所需的資料。沒有資料意味著學習不容易，因此考試的準備不斷推遲。2001 年初，我終於決定參加 CFA 考試，我努力清除前述的兩項障礙。首先我依照 CFA 協會的要求，請主治醫生開立證明，告訴協會我真的完全看不到任何光線，是完全沒有任何視力的人。英文用 NLP（No Light Perception）來形容我的視力。即使已經有這樣的醫生證明，協會還是要求我提供額外的相關資訊，請我去測量視力並提供相關文件，還須提交失去視力時的診斷書與治療紀錄。

我認為協會看到 NLP 的診斷報告還要求我去測量視力真的很可笑，而且 30 多年前在韓國接受治療的我，真的不可能有他們要求的文件。假使能夠透過那些文件，精準說明我是因為什麼原因失明，這些資訊對於 CFA 提供我合適的應考環境也絲毫沒有任何意義。我不得不懷疑，協會的人是刻意把程序弄得很困難，想要逼我自己主動放棄。

我的公司同事們得知這一情況都非常激動，他們介紹與 CFA 協會理事熟識的公司股東給我認識，股東也主動提出說替我跟 CFA 理事關說施壓，但我拒絕了。因為我的目的是取得 CFA，而不是要讓承辦人員感到困擾。

比起威脅，我決定以幽默的態度應對；比起主張權利，我決定提出更符合常理的建議。例如告訴協會，讓我去測量視力，就如同看到死亡證明後仍然要醫生去幫死者量血壓一樣。

還有，對於說明自己如何失明的要求，我則笑著回應說無論我是因意外失明、被人打而失明還是因病失明，其實根本毫無關係。應試時我所需要的，是能夠幫我朗讀問題、寫答案的人，以及延長至一倍半的應試時間。因為比起用眼睛看問題，

聆聽他人朗讀出來的問題更需要花時間。而協會所規定使用的計算機機型沒有附語音功能的版本，所以我要求協會讓我使用別款計算機。

經過幾次溝通之後，協會的人幾乎同意了我所有的要求，只是堅持我一定要使用他們規定的計算機，於是我決定聽從他們。雖然看不到螢幕，但我在同事的協助之下開始學習、練習使用這台特殊的財務計算機 HP-12C 的使用方法，而幫我朗讀考題的人也會連計算機螢幕上顯示的內容一起讀給我聽。

當時是我的朋友兼同事保羅‧艾金森告訴我計算機的每個按鍵代表什麼功能，我一一將它們背下來；這位同事後來還與我一起經歷過九一一事件。我練習使用計算機來解決許多問題，保羅則觀察我練習的狀況，告訴我哪些地方有錯。我的失誤率漸漸降低，最後終於達到「閉著眼睛」也能熟練操作計算機的境界。如果你想要想像一下那是什麼樣子，不如試著跟我一樣，閉上眼睛使用計算機看看。

有別於與 CFA 協會協商的複雜過程，跟製造、販售相關參考書的廠商 Schweser 公司之間的溝通就簡單多了。他們同意將參考書內容轉換成電腦可閱讀的文字形態販售給我，但我必須提供證明視障的相關醫療文件，也要簽署絕對不會將檔案印出來的切結書。

但好笑的是，他們就這樣連續三年賣檔案給我，卻每年都要求我提供視障證明。他們會不會是相信總有一天會出現奇蹟呢？也許是想著或許我某天會恢復視力所以才這麼做的吧？！

就這樣幾經波折，我終於在 2003 年取得 CFA，成為第一位完整通過 CFA 三階段考試的視障人士。可以說是 CFA 協會與 Schweser 公司共同為我提供了便利，帶給我大大的幫助。

協會每年會雇用兩個人，一個人朗讀考試問題，另外一個人則依照我口述的內容書寫答案。甚至還讓朗讀問題的人確認，寫答案的人是否精準地將我說的內容寫在答案紙上。當然，朗讀問題的人也會把我按計算機得到的答案唸給我聽。Schweser

則每年寄給我收錄考試準備資料的光碟片，我便能以此為基礎準備考試。就我所知，在我之後至少還有一名視障者挑戰並成功取得 CFA。

「將視線從目標移開，所能看見的就只有障礙。」

這是美式足球隊綠灣包裝工隊的總教練文森・隆巴迪留下的名言。高中時聽到的這句話，成了我人生的座右銘，也讓我有了無論什麼都能做到的自信。所以當想做的事情面前堆滿障礙時，我認為自己應該一一將障礙清除以往目標前進，或是乾脆躲開障礙物，選擇其他能通往目標的路。

如此正面積極的想法、從不把目光從目標移開的態度，帶給我平時連作夢也不敢想像的人生機運。

人生在世，每個人都會遇見障礙，但與其把注意力放在障礙上，不如專注在自己的理想，專注看著自己的目標，那便能離目標更近。如果能不害怕來自四面八方的強風，我想總有一天能抵達自己的目的地。

改變我的
一句話
02

The road not taken.

未行之路

我生命中的重大決定之一，就是放棄學位留在華爾街。當我下這個決定時，腦海中縈繞著的一首詩為我點亮了這條路。那正是羅伯特‧佛洛斯特的〈未行之路〉。當時我面前彷彿真的有兩條路，一條是回到學校完成博士學位成為教授，另一條是留在華爾街成為投資專家，我必須二擇一。這首詩的結尾如下：

　　林中叉出了兩條路。我選擇人煙稀少的那條，
　　那澈底改變了我的人生。

　　雖然不多，但偶爾還是能聽見視障者成為教授的故事。至於視障投資專家可就真的非常罕見了，加上我的主修並非財政，留在投資領域更是高風險的選擇。即便如此，我還是選擇了這條「人煙稀少（road less traveled）」的那一條。雖然隨教授這個職稱而來的名聲，以及博士的稱謂也相當吸引我，但比起這些表面的東西，我決定追求雖高風險，但能讓自己快樂的事。於是，那條路「澈底改變了我的人生（That has made all the difference）」。

　　我的父親當時的那句話，竟讓我意外地擁有了無所畏懼的自信。

人們經常是不理性的、不合理的、自我中心的。

無論如何，還是原諒他們吧。

如果你表達親切，人們會批評你自私、別有用心。

無論如何，還是要親切待人。

如果你誠實地陳述意見，人們便會嘗試蒙騙你。

無論如何，還是要誠實以對。

如果你獲得平穩與幸福，便會有人嫉妒你。

無論如何，還是要幸福。

你今天所做的善行，人們很快會遺忘。

無論如何，還是要行善。

即便你將自己最好的獻給世界，仍可能不足夠。

無論如何，還是要獻上最好的。

——節錄自德蕾莎修女〈無論如何〉

重要的事　之三

————

家人

가족

「很多人相信，愛是要由兩個人完成的。
所以戀愛是兩個人談，結婚也是兩個人結。
不過我相信我們若想擁有真愛、想要真正感受濃烈的愛，
至少需要三個人。
一起愛護、養育自兩人的愛誕生的孩子或一群孩子。
這樣才能嘗盡源自於愛的喜悅、痛苦、快樂、悲傷。」

09

眞實的關係中
需要上千個詞彙
—

令人動容的手寫信

　　2015 年 4 月第二個週末，包括我在內的 5 名美國兄弟姊妹，
久違地在父親的家中相會，度過一段獨特的時光。2005 年 12 月
母親去世之後，父親就一直和一隻貓一起住在這裡，兄弟姊妹
相聚的機會少了許多。雖然我住在車程僅要一小時的地方，但
哥哥姊姊們卻住在飛機航程至少要兩小時的地方，所以無法經

常回來探望。大家都各自結婚、生子，每年至少會有 1-2 次帶著自己的媳婦、女婿、孫子、孫女回來過節，而那是第一次只有我們自家人聚在一起。

孩子們通常要等到父母雙方都過世之後，才會開始整理他們留下來的物品，但我們決定從現在開始，一有空就慢慢整理 50 年前父母帶著 4 個孩子搬來這棟房子後，就隱藏在各個角落的東西，決定該丟的就丟、該留的就留，並看看留下來的東西要歸誰所有。因為我們覺得，應該在父親身體健康的時候做這件事。

不過這次聚會卻沒辦法整理太多東西，只丟了約莫 100 公斤的雜物。因為一旦發現有意義的物品，大家就會一起坐下來笑談有關的回憶，花了不少時間。

╱ 你最後一次寫手寫信
是什麼時候？

父母去印度的時候，曾經買了一本德蕾莎修女親筆簽名的書，但那本書已經遺失很久了。這次我們在衣櫃深處發現了那

本被完善收藏的書，父親和我們都很高興。他講起他們與德蕾莎修女見面時的事，並朗誦德蕾莎修女建造的幼稚園牆上所寫的詩〈無論如何（Do It Anyway）〉給我們聽。我感覺好像看見父親過去在吃晚餐時、分享近來讀到的好文章時、解說字典上某些詞彙意思時、講述百科全書中特定人物或事件時的模樣。我們聽著他朗誦那首滿是回憶的詩：

人們經常是不理性的、不合理的、自我中心的。無論如何，還是原諒他們吧。（People are often unreasonable, irrational, and self-centered. Forgive them anyway.）

如果你表達親切，人們會批評你自私、別有用心。無論如何，還是要親切待人。（If you are kind, people may accuse you of selfish, ulterior motives. Be Kind anyway.）

如果你獲得成功，會獲得幾個不忠的朋友與可敬的敵人。無論如何，還是成功吧。（If you are successful, you will win some unfaithful friends and some genius enemies. Succeed anyway.）

如果你誠實地陳述意見，人們便會嘗試蒙騙你。無論如何，

還是要誠實以對。（If you are honest and sincere, people may deceive you. Be honest and sincere anyway.）

你歷經多年所創造的成果，可能在一夜之間被他人摧毀。無論如何，還是去創造吧。（What you spend years creating, others could destroy overnight. Create anyway.）

如果你獲得平穩與幸福，便會有人嫉妒你。無論如何，還是要幸福。（If you find serenity and happiness, some may be jealous. Be happy anyway.）

你今天所做的善行，人們很快會遺忘。無論如何，還是要行善。（The good you do today, will often be forgotten. Do good anyway.）

即便你將自己最好的獻給世界，仍可能不足夠。無論如何，還是要獻上最好的。（Give the best you have, and it will never be enough. Give your best anyway.）

這一切終究是你與上帝之間的事，不是你與他們之間的事。（In the final analysis, it is between you and God. It was never between you and them anyway.）

　　不知兄姊們感受如何，但父親在朗誦這首詩時，我突然覺得這首詩彷彿是在描寫父母的一生。一直以來他們努力幫助了許多人，而曾受過他們多年幫助的人之中，也有人以背叛來回報母親所施予的恩典。即便如此，他們仍日復一日地以愛、親切與現實的幫助來對待每一個人，從不曾改變。我感覺眼眶一熱，好想念母親。

　　我們的回憶旅行持續著。1982 年的 8 月底是我來到這個家約 6 個星期的時候，我們發現了當時父親所寫的信。那封信是寫給剛上大學沒多久的雙胞胎女兒，也就是我的兩位姊姊。我們又談起當時的往事，絲毫沒有注意到時間流逝。

　　那封長達 10 頁的手寫信，詳細記述在家中的父母以及我在那幾天內都做了些什麼。字裡行間滿滿的都是父親對遠方女兒的思念。能夠感受到父親那雖然相距遙遠，卻好像近在身邊一樣，分享生活瑣碎小事的想法，那是封相當令人感動的信。

　　比德蕾莎修女的書或詩更感動我的，其實是爸的那封信。我的太太將親祖母寄給她的手寫信全都裝在一個箱子裡，我曾

經見過那個箱子。她的祖母經常寄信給 17 歲就移民國外的孫女，而妻子也經常拿出這些以「根珠啊」開頭的信，朗讀滿是祖母對孫女思念之情的內容。每當思念起日本殖民時期堅守個人信念而遭受拷問，因而無法行走的祖母時，她總會讀這些信。

我來留學後也偶爾會寫信給父母。那時尚未學習點字的母親，為了讀我的信而開始學點字，甚至還努力用點字寫信給我。當母親發現自己的點字能力尚不足以寫出一封滿是真心的信時，她便特地請人代筆，也曾經用錄音帶錄語音訊息寄給我。

想起這些長長的信，深深覺得我們活在這個能透過文字簡訊、通訊軟體、Facebook、Twitter 等平台經常聯繫的時代，但訊息內容卻總是簡短無比，其實有些可憐。若想分享心事就需要一封長長的信，但近年來卻少有這些機會寫這樣的信了。人們會不會是覺得，僅是簡短的文字交流，就能夠深入了解彼此呢？若真是如此，那我實在擔憂或許我們會因為這些往來頻繁，只有短短 140 字的訊息，而失去在寬裕的時間內從容分享對話的回憶。現在也有許多人即使全家人坐在一起吃飯，仍開著電視或邊吃邊滑著手機，這也讓我感到惋惜。越是這樣，人們就越會失去用對話了解彼此、進行心靈交流的機會。

/ 為了看見真實所必須做的事

週末期間我們一直分享回憶、歡笑、一邊吃一邊談天，讓我突然想起幾年前家族旅行時，父親看著雖然人在同一棟房子裡，但大多透過網路聊天的孫子、孫女，感到非常難過。他規劃了一個長達 1 星期的家族旅行，原本是為了讓許久沒能相聚的家人，能有段好好談天對話的時間，卻因為毫無意義的聊天室、手機遊戲而失去原本的目的。其實用手機聊天或玩手遊，無論在哪個角落都能做，大家可以各自在自己家裡做這些事，根本不需要花一大筆錢讓 20 多個人搭上飛機、預訂 1 星期的住宿、張羅 1 星期的餐點。

我們的家族旅遊通常 2~3 年會舉辦一次，大人們可以三三兩兩地湊在一起聊天殺時間。平常大家都各自在不同的地方生活，通常每年只有節慶時會聚 1-2 次，而且也只能短暫見面，所以才會規劃家族旅遊，讓所有人能在同個地方度過 1 星期，並分享這段時間沒能說的話。為了讓每個人能親眼看看彼此的面容或照片、用眼睛（或手指頭）做除了閱讀彼此的電子郵件或文字簡訊以外的事情，所以才會有這樣相聚的機會。用耳朵聽、用腦袋理解、用心感受，需要的話會握著彼此的手、攬著彼此

的肩膀或抱抱對方，甚至還會幫忙擦眼淚。

英文有句俗諺說：「A picture is worth a thousand words.（一畫勝千言）」，也就是說圖畫或照片所告訴我們的訊息，絕對不單純的意思。但我想說：「To really see each other, you need at least a thousand words（若想真正看見彼此，至少需要千言）」，無論是透過面對面直接對話，或是長長的一封信。

隨著競爭日益激烈，我們一天比一天更忙碌，但偶爾還是可以享有夫妻之間、親子之間、父母手足之間共度的時光，一邊喝茶或可可一邊聊天也好，家人一起去散步也罷，或是每個月全家人一起去看想看的電影再分享心得也不錯。這樣一來，是不是就能更熟悉該如何對待彼此？就像為了陪伴不知何時會去世的父親，我們兄弟姊妹聚在一起整理房子的週末一樣。

10 培養自信感與
表達能力

——

關於母親的角色

以中篇小說《祥子的微笑》出道的崔恩瑩作家，曾經以「要無條件、絕對地愛著孩子的人不是父母，而是祖父母」來總結這本小說的內容。聽到他這麼說時，我在想，這是理所當然的，因為父母跟祖父母不一樣，父母必須對孩子負起絕對且不馬虎的責任。

從孩子出生到長大成人之前，父母要幫忙做的事情非常多。若要從中選出最重要的事情，我想應該是要讓孩子在未來離開父母身邊時，能夠擁有獨立生活的能力。

為了能夠在這個各方面都相當險峻的世界獨立生活，有兩件不可或缺的事，一是成為能以某種形式發揮作用，或對某人來說有用的人，另一件則是要能夠好好與他人維持關係。而教導我這些事的人共有 4 個，其中有兩個就是我的 2 位母親，她們教導了我要如何活出有用的人生。

／ 化不可能為可能，
   我的第一位母親

生下我的母親，留給我眼睛所看不見的重要事物。畢業於師範大學的她對教育相當有熱忱，不只是鞭策我，更非常注重我們三兄弟的教育。即使我是視障生，她也不會特別降低對我的期待。只是她特別擔心我未來長大後，要靠什麼來賺錢養活自己。

當時在韓國視障者能從事的職業非常有限，教育體系中建立起只有視障學生才能上的學校，視障生要進大學就讀非常困難。當時視障人士大部分都是用高中時學到的按摩或針灸賺錢，母親得知此事後便決定，不會以按摩或針灸作為我未來的職志。雖然當時很多人靠針灸與按摩賺了大錢，所以我也不知道為什麼她會做這個決定。

　　也許是覺得如果我必須靠觸摸別人的身體才能賺錢，會讓她感到難過吧。不過像我的大伯父和大伯母都是醫生，也是藉著觸摸他人的身體賺錢不是嗎？或許從某個角度來看，會覺得母親是受自尊心的影響才做如此決定。總之，當時的這個決定確實讓我有了更多選擇其他職業的機會。

　　或許是因為母親曾為人師表，而且在教授輩出的家庭中成長的緣故，她希望我選擇的出路是成為教師或教授。雖然她從來不曾直接這樣說，更不曾強迫我，但她卻為此擬定了作戰計畫並付諸實行。我之所以始終不肯放棄討厭的鋼琴課，與其說是為了實現成為國際知名鋼琴家的夢想，其實更是為了成為音樂老師或音樂系教授而努力。她甚至將「完全征服」之類的全科目參考書，全部轉換成點字來支持我的課業。

在她如此積極之下，我才得以考出好成績，鋼琴也還算彈得不錯，一般人聽起來覺得悅耳。不過比起這些，更重要的是她那為達目的在所不惜的態度。

鋼琴老師說不再為我上課，她就特地到老師家去拜訪，不僅幫忙照顧孩子，甚至還幫忙打理家務，費盡心思直到老師答應再繼續為我上課。她發現哥哥讀書時，全科目參考書對他很有幫助，於是努力想找到點字版本。即使清楚知道市面上並沒有這種產品，但母親還是去和負責點字（將印刷物轉換成點字）的人打聽。歷經千辛萬苦之後，我也終於能夠用跟哥哥一樣的參考書學習。

1980 年代初期，現職教師在課後幫學生補習成了違法行為。不幸的是，能為失明的孩子上鋼琴課的人，只有當時任職於首爾盲人學校的金泰容老師而已。對於必須學習如何閱讀點字樂譜，再將曲子背起來才能彈琴的視障學生來說，無法選擇向其他老師學彈琴。

於是當這件事發生後，母親立刻聯繫文教部與青瓦臺說明我們的狀況，最後文教部同意讓我們在學校裡上鋼琴課。當孩

子們學會狩獵捕食的途徑受阻，她就會立刻展現出這樣「虎媽」的性格。當時與政府公務員對抗並獲勝的母親真的很了不起，她的堅毅也讓我吃驚。

1982 年我滿 15 歲時，母親不得不送我出國留學。是因為我比她預期的還更早離開父母的保護嗎？或是因為她認為我尚無法獨立自主？聽說她送我出國後，有好長一段時間總是以淚洗面。

她平時總嚴格要求我練習鋼琴和讀書，因為手太小，手指完全張開仍無法按到八度音，所以她總會刻意拉我的手指，嘗試將大拇指與無名指的指距拉開。當時她肯定沒想到，到了太平洋的另一端，竟還有另外一頭老虎在等著我。

/ 幫助我培養自我表達能力，
　我的第二位母親

瑪莉與大衛·歐麥西夫婦受到一名他們贊助的傳教士請託，說有個孩子要從韓國來美國留學，請他們讓我在開學前 6

個星期寄住並教我英文。於是我在 1982 年 7 月中旬至 9 月初，來到位於紐澤西州西北一座小村莊的歐麥西夫婦家生活。這段機緣，也使我擁有後來的另外一對父母，他們對我視如己出，讓我繼續在他們家生活。雖然沒有經過正式的法律程序認定，但自我滿 15 歲的那年起，他們在我心裡就成為我在美國的父親與母親。

美國媽媽對我也有一番計畫跟夢想，絲毫不遜於在韓國的母親。其中第一項就是提升我的英文會話能力，讓我的英文能比在美國出生的孩子更加流利。我們每天最晚會在 7 點半以前吃完晚餐，她和我就會坐在廚房的餐桌邊聊天。每天進行 1 至 1 個半小時的對話，她會一一糾正我每個單字的發音，並一再解釋直到我能正確理解該單字的意思為止。後來我才知道，她也跟我韓國的母親一樣畢業於師範大學，直到結婚後才離開教職。

美國媽媽也為我向美國國立圖書館及為視障人士製作、提供錄音教科書的團體取得有聲書。一方面是想讓我讀書，另一方面是希望我能多聽在地人說話，讓我擁有完美的聽力與口語能力。

1970 年代影集〈小淘氣（Different Strokes）〉曾風靡一時，內容是一名白人父親與他的親生女兒，及一名領養的黑人兒子一起生活的故事。當她發現我能夠聽得懂這部影集的內容後，她便將電視節目錄下來讓我重複聽，也教我如何理解並享受英文的幽默。她的努力並沒有白費，不知從何時起我的英文變得比韓文更流利，甚至開始用英文思考。

她對我的第二個計畫，就是訓練我用語言和文字好好表達自己的想法與主張。例如我必須在學校學兩年的美國史，她便要求學校把我安排在會要求學生用自己的話重新整理學過的內容，並讓學生把內容謄寫成文字的老師班上。

多虧如此，我必須閱讀美國重大歷史事件的相關書籍，並到圖書館經歷一翻調查之後，再把書上的資訊跟老師教的內容整合成一篇文章。雖然當時很辛苦，但我培養出將知識或資訊統整成文字的能力，至今這項能力仍為我帶來許多幫助。我聽說在美國大學生當中，也很少有人能好好用文字表達自我。

當我就讀 11 年級時，決定競選學生會會長，美國媽媽也開始訓練我如何在別人面前有自信地說話，這比上課時間的發表

還困難。發表可以事先寫好稿再練習，但在全校學生面前進行討論、主持學生會會議的能力卻無法靠練習提升。媽媽說就算是這樣依然熟能生巧，便要我持續練習。也多虧了她的堅持，我成為我們學校歷史上第一位連續兩年擔任學生會長的學生，也讓我有了能在眾人面前侃侃而談的能力。

練習將想法整理成他人能輕易理解的文字或語言並表達出來，不僅對我的課業有幫助，更讓我能夠與他人建立、維持良好的關係。

／ 自信與表達能力，
是父母能給予孩子的寶貴禮物

我想大膽對渴望孩子成功的父母說，總有一天孩子們會離開父母身邊，與其執著於要求孩子埋頭苦讀，讓他們在校成績名列前茅，不如讓孩子成為能決定自己想要什麼，且能獨自堅持追求目標的人。

我的韓國母親教會我，人能將不可能化為可能。我之所以

有勇氣奮不顧身地接下人人都認為不可能的華爾街工作，也都是源自於她的教導。美國媽媽則讓我知道，生命中許多事情不該只是做到剛剛好，而是應該好到超乎他人的想像。還有無論我們知道再多事情，若無法傳達給別人，那便一無是處。我想，無論從事什麼工作，表達自我都是不可或缺的能力。

多數報名哈佛大學的考生都要接受面試，哈佛畢業生會與考生一對一面對面，進行約 1 小時的對話。2014 年 1 月，在我家與我碰面的 1 名學生告訴我，說他透過 YouTube 上的影片獨自學習小提琴。他坦蕩蕩地說自己因為沒錢，所以無法去上正式的小提琴課，而且他相當自豪能用這樣的方法學會小提琴，同時也動人地闡述音樂如何帶給他心靈慰藉、淨化他的負面想法。最後他在 17 比 1 的激烈競爭下脫穎而出，成功進入哈佛大學。

將每個孩子送入一流大學不應該是父母的目的。我相信讓孩子擁有追求遠大目標的自信、幫助孩子培養善於表達自我的能力，才是父母能給孩子的寶貴禮物。

11 教導與世界建立
關係的方法

——

關於父親的角色

　　跟韓國不同，美國的母親節與父親節是分開的。5 月第 2 個
星期日為母親節，6 月第 3 個星期日為父親節，不過在母親節
產生的消費卻比父親節多上許多。根據美國零售協會的調查，
2014 年民眾於母親節時花費在鮮花、禮物、食物上的費用高達
199 億美元，父親節卻只有 125 億美元。

雖然每年都會有這種新聞，卻也不讓人覺得不公平，畢竟對我們所有人來說，母親就是非常特別的存在。雖然隨著時間推移，男女或夫妻的角色，尤其在分擔孩子養育的部分越來越公平，但跟父親相比，母親對孩子造成的影響仍然更大。

如前所述，在我的人生中，母親的角色至關重大。直到我離家之前，她們負責我每天的生活起居並不斷鞭策我，在長大的過程中給我絕對必要的教育與訓練。

那對我來說，父親是怎樣的存在呢？兩位父親同樣也給了我很大的影響。生下我的父親教會我認識自己是誰，而從我15歲開始一起生活的養父大衛，則教會我應該成為怎樣的人。

韓國父親經常強調要認知到我是誰、出生在怎樣的家庭、父母最看重哪些價值等等，現在回想起來，似乎當時他就能理解我最終將會長成怎樣的人。而在煩惱人生重要問題的青少年時期，陪伴在我身邊的養父，則以值得仿效的言語和行為，成為我人生中重要的引導者。

第一位父親，
他是我生命中的根

　　1962 年冬天，在韓國大邱附近工作的一名空軍大尉，在一場會議上認識一名即將畢業的女大學生。兩人在 1964 年結婚，他們就是我的父母，是一對相差 4 歲卻一見鍾情的情侶。退伍後進入水產合作社工作的父親，成了合作社裡最受矚目的明日之星，他的升遷速度非常快，才 40 歲出頭便已經當上理事。聽說他工作能力十分出色，甚至還曾在 1970 年代獲得總統表揚。

　　那個年代所有的父親或許都是如此邁力工作，我的父親也總是早出晚歸。唯一休息的星期天則整天都在睡覺，我們必須保持安靜或到外面去玩。無論週末還是平日，都會陪孩子玩、跟孩子交流的父親在當時可說是少之又少，所以我並不覺得他與眾不同。

　　我在準備留學時期才開始與父親分享想法、理解他的心。年幼的兒子要從韓國前往諾大的美國留學，實在讓他擔心。可能是因為我在當地不僅語言不通，而且白人對有色人種的歧視也十分出名，所以父親曾對我強調我是一個韓國人，也講述了

我們家輝煌一時的過去。

　　首先，父親要我記得，我即使去了美國，仍是一個不輸給其他國家的韓國人。至於為什麼要對我是韓國人這點感到驕傲，似乎有很多原因，但現在我能清楚記得的只有兩點，一是回顧韓國的歷史，我們是從來不曾侵略其他國家的善良民族；二是我們開始以金屬活字印刷書籍的時間，比西方國家早了 200 多年，是更早開始發展印刷技術的國家。

　　接著父親告訴我，我出生在一個歷史悠久的家庭，高麗時期來自中國的宮廷醫師就是我們的祖先。當年燕山君的妻舅，同時也是朝鮮中宗的丈人慎守勤，在中宗時期擔任右議政，是自始至終都效忠燕山君的臣子。至於以臣子的身份守在暴君身邊的行為究竟是好是壞，我們則沒有深入討論。父親只是叮囑我，要我別忘記自己是宰相與王妃家族的子孫。

　　而讓我能堅定自信的事情，並不只是因為我來自善良、聰明的民族，也不只是我的家世顯赫，而是因為父親說他非常重視我，以及母親為了我的前途，不斷傾注她對教育與訓練的熱情。也就是說，因為有珍視且愛護我的父母，才讓我更有自信。

也因此他人的歧視發言或待遇，對我來說沒什麼了不起。父親的教誨根深柢固地留在我心中，使我能成為面對強風也毫不動搖的大樹。

/ 我的第二位父親，
言教不如身教

後來成為我養父，被我稱為「爸（Dad）」的大衛‧歐麥西先生，在 1953 年進入聯合航空擔任機師，恰巧他跟我的生父一樣都曾是空軍軍官。我從大衛身上，學到如何成為慈祥的先生與父親。起初我以為只是文化差異，後來才發現他在英裔美國男性中，個性也算是特別和藹。

我透過他的行為，學會當我所珍視的人與我有不同想法時，即使無法說服對方，也要繼續珍惜、支持對方的觀念。他透過身體力行的方式，讓我了解到，除了幫助家人之外，幫助其他人也同樣重要，這對我獨立的學生生活與社會生活帶來很大的幫助。

他總是稱呼美國媽媽為「親愛的（Dear）」或「甜心（Sweetheart）」。除了言語之外，他在行為上也相當為妻子著想。早餐他會煎鬆餅和熱狗、榨柳橙汁、煮咖啡。他不僅親自下廚，餐桌服務也絲毫不輸餐廳服務生，洗碗更是不需要別人提醒。身為機師經常會有好幾天不在家，所以在家休息時，他總儘量讓妻子能輕鬆一點。

爸爸對孩子也非常用心。雙胞胎女兒罹患了難以治療的高安式動脈炎（Takayasu's arteritis），他便開始採用飲食療法來治療她們。雖然醫生說雙胞胎活不了多久，但爸仍然沒有放棄，每天會為兩個女兒各做 12 杯蔬果汁。

當然，這件事是爸媽兩人一起做的，但每天所需的有機蔬果必須以飛機運送，是由爸每星期分兩次開車到機場將這些有機蔬果載回來，這也讓本來被認為無法度過 17 歲生日的 2 個雙胞胎姊姊，在不久前迎接了她們的第 106 歲（53 歲 X 2 人）生日。

爸的用心並不只侷限在女兒身上。他帶我去找為他的二兒子治療色盲的醫師，詢問醫師我是否有機會找回視力。一聽到醫師說也不是完全沒有可能之後，爸便開始每星期 2 次，清晨

起床帶我開 45 分鐘的車到診間接受注射，並且準時送我到學校。他們不只是養育我，更花費許多時間與金錢嘗試治好我的眼睛。

或許是因為我是最後一個仍留在家的孩子，爸經常聽我傾訴。當我有課業上的煩惱、跟女友鬧得不開心時、被母親責罵之後，爸都會聽我說話。我們會坐在家門口的鞦韆椅上，花很長一段時間聊天。

有一天，我告訴爸說我不想繼續上鋼琴課了。因為我認為自己既沒有資質也不喜歡鋼琴，與其繼續下去，不如多花一點時間在課業上更好。爸很喜歡古典樂，而且相當珍惜我彈奏的音樂，他當場反對。當我解釋說我擔心繼續學音樂可能遭遇到的人生困境，而且也沒有愛音樂愛到願意承受這麼辛苦的人生時，爸回答說，雖然他不同意我的選擇，但他願意接受。

我去找鋼琴老師說要放棄繼續學鋼琴的那天，爸也陪著我。要向老師提出這個要求讓我很擔心，所以他特地撥時間陪在我身邊。我的美國爸爸就是這樣一個，為我畫出一幅地圖，指引我該如何成為一名尊重孩子想法的父親。

想遺傳給孩子的心靈基因

當然，比起這些更讓我刻骨銘心的，是美國爸媽願意接納、養育一個陌生孩子的那份心意。後來我才知道，他們過去也曾經接待過幾次因為跟父母之間發生問題，而不得不與父母分開居住的青少年。他們就是如此開放自己的住家與心靈。

有一次我問爸，這世上有這麼多需要幫助的人，你們如何決定要幫助誰，爸的回答在我腦海中成了一幅永不褪色的畫。

他說，假設現在有數不盡的海星滿布在海灘上，牠們可能是被淡水沖到這裡來的。有兩個人正走在海邊，前面那個人一邊走一邊撿起一、兩個海星丟回海裡。後面那個人問他，這裡有成千上萬隻海星，你只拯救其中的幾隻有什麼意義？而前面那個人回答，對回到海中的這幾隻海星來說，不就具有很大的意義嗎？

爸說世上有許多為人服務的團體在緣份的驅使下，不！應該是說，在上帝的引導下，幫助自己遇見的每一個人，這是件非常有意義的事。雖然不隸屬於大團體，沒有辦法幫助太多人，但卻能以開放的心胸持續接納需要幫助的人。對於獲得總是多

過於給予的我來說，這絕對是要銘記於心的一段話。

　　透過與爸的對話、看著他為他人所做的努力，成為貼心的老公、好父親、盡力幫助他人在不知不覺間也成了我人生的目標，使我的生命長出翅膀。我領悟到無論是學校朋友、公司同事，還是偶然在火車上遇到的人，只要我能夠付出真誠的關心，他們同樣也會以真心待我。如果我也能成為優秀的父親，將這樣出色的心靈基因傳承給我的孩子，那該有多好？

12

生命中的真愛至少要有三個

—

擁有孩子的意義

極其渴望卻無法擁有一件事物，是世間罕有的憾事之一。1996 年 3 月 9 日，我與<u>根珠</u>舉辦結婚典禮之前，我們兩人都有個很大的夢想。雖然我們看起來不太在乎，但我們卻比任何人都想要擁有小孩。我們想要生下像我們的孩子，並以滿滿的愛扶養他們，我們渴望擁有幸福的未來。

如果只生一個孩子，那他將會感到很孤單，所以我們都同意至少要生兩個，但又覺得 3 個孩子比 2 個更好，既然如此不如就生 4 個，兩男兩女或許更好。美國媽媽不小心聽見我們的對話，便跟我們說，總之先試著生 1 個，養養看再決定要不要生第 2、第 3 個吧。

結婚沒多久後的某一天，根珠早上覺得非常噁心，我們還開心地想說期待的孩子終於來了，沒想到她真的只是肚子不舒服而已。而從那時開始，對於是否懷孕的不安便在我們心中發芽。因為才剛結婚，所以我們並沒有太過擔心，直到迎接兩次結婚紀念日後仍沒有孩子的消息，擔憂便越來越大。

／ 在最糟的狀況中，
看見最好的路

認識不到 6 個月就決定結婚，然後再過不到 6 個月就步入禮堂的我們，同個時間也遇上了一件大事，那就是雇用我的 JP 摩根前景堪憂，公司內部開始傳出可能會被其他證券公司併購或裁員的消息。除了零售銀行業務之外，JP 摩根幾乎跨足所有

金融領域，旗下有超過 17000 名員工，最後在 2000 年被大通銀行併購。不幸的是，我的名字出現在 1998 年 JP 摩根決定的裁員名單上，夫妻二人之中收入較佳的我一夜之間失去了工作。

在傳統結婚典禮上的宣誓詞中，總會有「無論貧困或是富裕」這樣一句誓詞，是宣誓無論遭遇什麼事情，都要將彼此視為另一半，生死與共的內容。沒想到我們竟然結婚還不到兩年，就遭遇需要親身經歷何謂共度「貧困」。

從上司與人資那裡接獲裁員消息的那天，是我這輩子最難以忘懷的一天。雖然我已經聽聞 JP 摩根的股價持續下探，很可能會裁員的傳聞，但沒想到這件事竟然成真了，同時也擔憂地想著，我和根珠以後該怎麼生活。不過上帝為我關了一扇門，必定會再為我開一扇窗。裁員名單雖然在 2 月公布，但公司還是預留了時間讓我們找工作。於是我得以一直在 JP 摩根待到 6 月底，掌握在公司內外打聽新職缺的機會。

人們常說：「有時候我人生最好的決定，是由別人幫我做的。（My best decision is sometimes made by someone else.）」

就像這句話一樣，我人生中最好的決定之一，就是源自於

JP 摩根裁撤我的決定。因為透過這件事，我得以再次肯定了我的另一半，也就是根珠，她的人格與對我的愛，最後我也得到了更好的工作。根珠聽到裁員消息後，依然堅定相信我。她相信我肯定能找到更好的工作，JP 摩根像傻瓜一樣放掉我這麼優秀的人才，我根本也不再需要他們。無論當時還是現在，在華爾街工作的視障者都是屈指可數，她相信自己的先生肯定能成功求職。回想當時根珠的態度，我至今還是非常感動。

即使生計受到威脅，她依然以堅定的信任支持著我。過去她從未考慮過要與身障者結婚，而且在婚後沒多久就遭遇這種變故，竟然還能絲毫不受動搖，真可說是萬中選一的對象。

我們回想我當時為了求職而努力的情況，根珠說看著雖然被裁員，但每天早上仍然西裝筆挺勇敢去上班的我，她更堅信我可以成功。但我覺得自己是因為有了根珠的信賴與堅定，才能懷抱希望繼續努力。如果能將人生中經歷的好事歸功於配偶，而不是埋怨配偶：「都是因為你害我不能做什麼」，那人生該會有多美好？

因裁員而來的祝福還不僅止於此。大約努力了 3 個月，我

便接到兩間公司的聘僱邀請，最後我選擇了目前任職的布朗兄弟哈里曼公司。1998 年 6 月 29 日我正式到職，而離開 JP 摩根的日子是 6 月 30 日，讓自己有兩天時間緩衝適應新職場，可說是做了個成功的決定。在新公司所負責的業務也並非 JP 摩根時期的借貸信用分析，而是我一直想挑戰的證券分析。這兩間公司為了爭取我加入他們，也讓我的年薪整整漲了 40%。

/ 同喜同悲的充實時光

人們總說：「危機就是轉機」，解決就業問題後，我們又開始煩惱起孩子的事。我們過去兩年都沒有避孕，卻始終沒有懷上孩子，被人們稱為不孕夫婦。那年我們接受自己是一對有不孕問題的伴侶，並開始接受治療。我們前往紐約的康乃爾大學醫院不孕症中心接受檢查，展開所謂的不孕症治療。

進行不孕症治療對我們來說並不是件輕鬆的事，我們嘗試了人工授精、體外受精（試管嬰兒）等治療方法。治療費用相當於可購買一台好車了，這固然是問題，但更大的問題是不孕症治療會對女人的身體帶來極大的壓力。

而對於不孕夫妻來說，精神壓力更是不小。女性必須注射更多荷爾蒙以刺激排卵、讓受精卵著床，成功受精後還必須經常抽血檢查。早起到不孕症中心抽血檢查，必須等到下午兩、三點才有結果，等待過程中內心的焦慮、煎熬等情緒更是難以言喻。血液檢驗結果會告訴我們是否懷孕，即使成功懷孕仍必須持續提升荷爾蒙的濃度，以度過不穩定的懷孕前期。荷爾蒙濃度只要有一天未達標或下降，懷孕就宣告失敗。

　　天底下不孕症夫婦大概都是因為想要孩子而開始療程，但動輒長達 1 個月的療程、一再反覆的失敗，則會使夫妻感情出現裂痕。有人渴望孩子渴望到願意承擔肉體、精神、金錢上的壓力，但也有經歷這些壓力之後決定暫時休息，或乾脆放棄生小孩的夫妻。當夫妻有了不同的看法之後，夫婦關係便很難完好無缺。所以我聽說，接受不孕症治療後分開的夫妻其實不在少數。

　　從這個角度來看，我們算是一對受到祝福的夫妻。根珠幫自己注射荷爾蒙的樣子讓我非常心疼，我們也一起分擔等待血液檢驗結果帶來的恐懼。第一次人工授精成功懷孕時我們一起高興，後來得知流產時我們也一起難過、相互安慰彼此。第二次嘗試、第三次嘗試也以流產告終，我們決定暫時休息一下，

並透過許多對話撫慰彼此的心靈，我們甚至還曾經通宵談論這件事。

根珠曾因子宮外孕接受緊急手術。大半夜只能坐在手術室外的我心裡想著，上帝要我用一輩子的時間愛護、珍惜根珠，那我們為什麼要接受這麼危險的治療，一定非得為了得到孩子費盡苦心？結婚是因為我們愛著彼此，並不是為了養育孩子吧？真的有必要執著於自己親生的孩子嗎？

雖然我們嘗試了兩次試管嬰兒，最後仍然以流產告終。我們共同歷經這將近 4 年的不孕症治療旅程，雖然留下遺憾，但似乎也不得不宣告結束。雖然不知道上帝為我們規劃的生命中究竟有沒有孩子，但我們最後決定不該為了擁有孩子而如此辛苦。

/ 孩子讓我感受到生命的真諦

我們經過許多討論，最後決定領養。為了領養孩子，我們開始改變自己生活的環境。我們離開生活了 9 年的紐約，搬到紐澤西的一座小城市，因為我們覺得如果想領養孩子，比起只

有一間臥房的大城市公寓，有 2-3 間臥房且空氣清淨、鄰居友善的郊外獨棟住宅區或許更好。為了複雜而且曠日廢時的領養手續，根珠辭去了自己的工作待在家裡，為了健康而勤奮運動、用心填寫領養文件。當然，我們決定領養韓國小孩。

2004 年夏天，我們熱衷於填寫領養文件的某一天，下班後的我發現一件不尋常的事。臥房梳妝台上，放著 4-5 個我非常熟悉的狹長工具。因為我以前很常買，所以一下就發現那是驗孕棒。因為沒有外包裝，所以我意識到那並不是家中剩下的備品。我驚訝地問根珠：

「怎麼有這麼多驗孕棒？」

「我認真運動、認真瘦身，但體重卻一直降不下來，而且今天早上體重還增加了。」

「然後呢？」

我猜想根珠或許也因為那個「萬一」而一度燃起希望，但後來又失望了。

「然後我就拿家裡剩的驗孕棒來測試看看。」

我想，我可能又要安慰失望的根珠了，畢竟這件事我們經

歷了很多次。

「不過」根珠接著說，「結果竟然是陽性（positive）。」

「什麼？陽性？」

真是難以置信，雖然我知道驗孕棒幾乎不會有假陽性的結果出現，但還是覺得因為已經買了很久，準確度有可能下降。

「但驗孕棒購買的時間有點久了……」

根珠打斷我的話說：「我也這樣想，所以白天又出去買了驗孕棒，全都是陽性。」

就是這樣，我們努力許久始終懷不上的孩子，竟在沒有任何治療的情況下來到身邊。包括 6 週的孕吐期在內，根珠平順地過完了孕期。過去頻繁出現的偏頭痛，也不曾在孕期內來搗蛋，最後根珠在 2005 年 4 月生下了第一個孩子。雖然產婦的年紀有點大，確實令人擔心，不過根珠仍依照自己的想法選擇自然產並順利生下孩子。我們將這奇蹟的孩子取名為大衛・派翠克，韓國名字則以爺爺的名字正擇為名。

相信天堂存在的人，總是茫然地認為天堂是個好地方。而

我們在想要孩子的時候，也一直覺得只要有孩子就能幸福。

不過當孩子來到我們身邊，生活歷經極大改變的同時，我們夫妻開始覺得，養育孩子這件事使我們的內心、靈魂與人生，充滿了比預期更大的幸福、未曾想像的喜悅。如同在想像中十分美好的天堂，實際上更超越了我們的想像，是個截然不同的好地方一樣，實際上一起養育、愛護孩子的人生，其驚奇的程度是我們最初的想像所無法比擬的。

許多人相信愛要由兩個人一起完成，所以戀愛與結婚都要由兩個人一起進行。不過我們相信，如果想要真愛、想真正付出濃烈的愛，那至少需要三個人。因為一起愛護、養育自兩人的愛情中誕生的孩子，才能完整體會源自於愛的喜怒哀樂。

13

如果在災難中也能
和所愛之人一起

位在九一一事件的中心

　　每年 9 月第一個星期一是美國的勞動節，很多事情會以那天為準重新開始。歷經了許多人休假的夏季之後，華爾街重新開始忙碌了起來。新學年也在這時開始，許多孩子進入學校就讀。

2001 年的勞動節是 9 月 3 日，或許是因為那年的勞動節比較早來，所以 11 日那天，大家早已進入忙碌模式約 1 個星期。當時我住在河谷鎮這個距離華爾街很遠的紐約社區裡，擔任布朗兄弟哈里曼公司證券組的分析師。上班時間較早的我先出門，而當時在紐約中城工作的妻子葛蕾絲則配合公司 9 點上班的時間，較晚從家裡出發。就這樣，我們都以為即將展開與平日無異的一天。

╱ 晴空中，突然有飛機墜落

2001 年當時，我隸屬的證券組會在每天早上 8 點 45 分開始簡報。在 9 點半股市開盤之前，分析師必須向基金經理人說明過去 24 小時內發生的新聞、各界的反應以及決定新購入的股票等等。所以那天我也在 7 點半左右抵達公司，為了簡報而開始閱讀、研究新聞與華爾街股票經紀人們的晨間報告。當時我負責電話通訊領域，那天我覺得應該以我們所持有的某無線通訊公司相關的新聞為基礎，在簡報裡稍微提及這個部分，所以正在為此作準備。

簡報一如往常地在 8 點 45 分準時開始，我第一個上場。我們與美國境內各個城市的哈里曼公司會議室連線，遠端會議系統開始錄下我所說的話，讓無法親自參與的人能夠之後再聽取簡報內容。簡報順利結束，我將麥克風交給下一位同事，但奇怪的是，外面突然響起了吵雜的警報聲。在紐約，聽見警報聲並不是件罕見的事，所以我們並沒有非常在意。不過似乎有越來越多車輛響著警報駛過，所以我心想或許是附近哪裡失火了。

簡報開始約 14 分鐘後，一名女職員進到簡報室來，轉告我們一台飛機撞入世界貿易中心的消息。她說紐約股市會因此 delay 開盤，並提議如果有人想跟家人聯絡，不妨趕緊打個電話回家。我們組內經常有人會去世貿中心參加會議、與投資公司開會，而且世貿中心距離公司不過 4 個街區，這名同事是想到家人會因此擔心，所以才提議我們跟家人聯繫。而其實一直到這個時候，我們都還覺得這或許沒什麼。我們想起以前也曾有過小型飛機撞上帝國大廈的事件，還以為又是類似的事情，並沒有太當一回事。於是我們繼續完成當天的簡報，並回到各自的辦公室。

我關上辦公室的門並坐到桌前，打開能閱覽股價、股份公

司資訊、新聞等內容的程式 ILX，並為了確認訊息按下電話鍵，接下來卻透過話筒聽見韓國母親憂心忡忡的聲音。她當時正在看電視連續劇，接獲紐約發生意外的插播，因為擔心而跟我聯絡。

ILX 的新聞頭條不斷變換，我得知撞上世貿中心北塔的不是小型飛機而是大型客機後沒多久，便立刻聽聞另一台客機撞入南塔的消息。直到這個時候，我才終於意識到這並不是件小事。有多架飛機失聯的消息、城市高樓內的人群應盡可能遠離窗邊的警告等，都令我們更加不安。新聞報導政府下令取消所有航班，目前正在航程中的航班在依行程降落後，也全都不能再起飛。我跟同事們聚集到大樓中央的餐廳（lunch room），透過電視觀看附近發生的事件。位於華盛頓的美國國防部五角大廈也有客機墜毀，我們之中開始有人擔心戰爭是否就此展開。

/ 尋找太太的遙遠路途

我突然想到，今天早上錄下的晨報中，也許能夠聽見飛機撞上大樓的聲音。於是我立刻重播了錄音，確實聽見在我簡報

過程中，背景有「砰」的撞擊雜音。從時間上來看，那就是第一台飛機撞上世貿中心北塔的聲音。

對於看不到電視螢幕的我來說，當時所經歷的事情中，有兩件事應該是直到 99 歲都絕對不會忘記的。一件是 10 點左右南塔崩塌的瞬間，公司員工的尖叫聲令我的耳朵疼痛不已，那確實是會令人起雞皮疙瘩的聲音。另外一件則是不知該如何以言語形容，更不想去回想的味道。那股味道在附近大樓倒塌的同時刺激著我的鼻子，在曼哈頓南邊瀰漫了好幾個月久久不散，絕對令我終生難忘。我甚至不願意想像那股味道代表什麼。總是搭乘地鐵到華爾街上班的我，在這起事件之後有好幾個月，根本不需要聽月台廣播或數經過幾個站，因為我只要在那股味道最重的地方下車就好。

公司一開始建議同事應該盡可能待在大樓中央，接著在 11 點左右下達離開華爾街一帶的指示。同事們看著截然不同的紐約天際線離開了大樓。在地鐵停駛、沒有任何交通手段可以離開的狀況下，我們的選項只有一個，那就是沿著位於曼哈頓最南邊的沃特街往北走。跟我最要好的同事兼朋友保羅・艾金森，因為他身高很高，所以大家都叫他「高羅」，我緊抓著他的右

手前進。我們就像逃離戰場避難的難民，只能徒步離開最危險的地區。由於往北走的人很多，所以我們也無法移動太快。

沒想到，這條逃難之路竟有著意想不到的熱心人士等著我們。兩棟大型高樓倒塌所掀起的粉塵，將我們的身體、衣服與皮鞋瞬間染白，早已預期到這種情況的另一名同事，把放在公司的哈里曼公司 T 恤撕開來做成口罩分給大家。一路上也有許多店家發送冷水和零食給我們，並告知說有需要的人可以到他們的店裡上廁所、稍事休息再離開。

當時電話通訊全面中斷，我無法跟人在韓國的母親聯絡，也無法跟妻子聯絡。我首先想到的是，應該盡快前往妻子葛蕾絲工作的 32 街與百老匯一帶。如果類似的攻擊持續發生，那我們也許就無法在 2001 年 9 月 12 日相會，所以我覺得應該盡快去找她。除了遲遲無法懷孕而痛苦的那段日子、前年岳母在屆滿花甲之年前去世之外，我們共同度過了 5 年半幸福的婚姻生活……我曾經跟妻子說過，夫妻如果能在同一天去天堂也是很大的祝福。我經常去世貿中心北塔 107 樓的餐廳「世界之窗（Windows on the World）」開晨會，一想到那天早上在那裡的人全都死了，我實在無法不感到暈眩。

我花了超過 1 小時才抵達妻子的辦公室,向陪著我一起走了超過 2 小時的保羅道謝,鼓勵還有漫漫長路要走的同事,然後便進入妻子的辦公室裡。本以為她看到我就會激動地衝出來迎接,沒想到她只是冷淡地說:「你來啦?在那邊沙發坐一下吧。」後來我才知道,她整個早上都忙著處理公務,直到看見我沾滿白色粉塵的皮鞋之前,都不知道究竟發生了多大的事。妻子是個一旦專心投入某件事,就會不顧周遭的人。而就如大家所想的一樣,我確實花了很多時間,才接受並理解她這樣的個性。

/ 家人,是我們必須
活下去的理由

那天晚上 6 點左右,我跟葛蕾絲抵達紐約市最北邊的河谷鎮。平常搭地鐵只要 45 分鐘的路程,那天花了 4 小時搭地鐵、公車、步行,才終於回到我們居住的公寓。這座位在山坡上的高樓公寓,可以清楚看見紐約的夜景。當我們看見著那並排的雙子星大樓消失的紐約夜景時,我總會想起在災難中犧牲的上

千人。不過我知道，真相總是更殘酷。雖然我們會有好一段時間沉浸在這些悲傷的念頭之中，但時間一久就會漸漸淡忘。我有預感，在日漸模糊的回憶中，那天毫無預警而突然被犧牲的人們，有一日也終將被遺忘。沒有哪一點可比得過他們的我活了下來，而他們卻這樣死去，令我無比惋惜。

回到家之後才發現，在韓國的家人、居住在美國各個角落的美國家人，以及散居在幾個地方的朋友紛紛寄電子郵件來，詢問我是否安好、他們很擔心我、要我快點跟他們聯絡……我透過電子郵件向他們講述當天的經歷，並告訴他們說我跟同事毫髮無傷地離開了華爾街，葛蕾絲和我一起平安回到家中了。並請收到這封郵件的他們禱告，為那些失去所愛之人的人、為那些處在恐懼之中的人禱告。

近距離經歷這起絕不會被歷史遺忘的恐怖攻擊事件後，我突然有許多感觸。害怕自己能否逃離如戰場般的華爾街地區、擔心自己若有一天，必須拋下父母跟妻子先行離去、可能要與深愛的妻子道別……我深深擔心著這些未來可能會發生的事。

但比起這些擔憂，在我心中留存更久的，是我生命中所遭

遇的每個貴人。當我在現實中面臨生命威脅時，腦海中浮現起幾個人的臉孔。想到他們會為我擔心，就令我獲得莫大的勇氣，讓我能夠長距離步行離開災區，帶給我必須竭盡全力活下去的堅強。因為有這些我深愛著、尊敬著、為我擔心的人們，讓我下定決心絕不屈服於任何危險。

愛是選擇

大學時期，我隸屬的波士頓長老教會負責大學部的一位長輩，曾經告訴我們：「愛是選擇。」他教導我們讀書固然重要，但尋找配偶也同樣重要，那是非常有智慧的教誨。不是依照旁人的情緒或看法去決定我要愛誰，而是由我自己的選擇來決定，這才是真愛。誰會成為我的配偶取決於我的選擇，那份愛能否持續到老死，決定權也操之在我。

　　第一次感覺到愛，並且認定非她不可的時候，我腦中只有想跟她共度餘生的念頭。但結婚一起生活之後，便會開始漸漸看見她不那麼令人滿意的一面，她也會發現許多我令人不滿意的部分。而且，人會改變。過大的改變自然是無可奈何，但我覺得必須接受某種程度的改變，這是身為配偶的責任。有時候會因為外在環境變化，或是因為旁人影響，而使婚姻變得難以維繫。

　　但無論問題是什麼，是否繼續愛著我所選擇的人，都取決於我。我一直將「愛是選擇」這句有智慧的話珍藏在心中，花了很長時間尋找那個能成為我另一半的人。

「累積名聲需要花上二十年，
　但毀壞名聲只需要五分鐘。
只要記住這點，你就會以不同的態度做事。」

——華倫・巴菲特（波克夏・海瑟威執行長）

重要的事

之四

———————

工作

二十多年來，
我都拿著導盲杖
到華爾街上班

「度過週末，迎接週一早晨時，
如果你帶著沉重的腳步，思考週末為何這麼短，
那很有可能這份工作並不適合現在的你。
相反地，如果你發現自己很喜歡在辦公室工作，
那你很可能已經選擇了一份很適合你的工作。」

150

14

必須透過
工作來實現愛

—

關於愛的排序

　　我的美國爸爸是一名機師，60 歲就屆齡退休，已經離開波音 747 的機長室 25 年了。他一直都在聯合航空工作，屆滿 60 歲之後，他在 1990 年 5 月的某一天完成了職業生涯的最後一趟飛行。從東京成田機場出發往紐澤西紐華克的直飛航班，結束 37 年的機長生涯。

不知道現在是否依然如此，當時為了紀念機師的最後一趟飛行，會特地留給機師的配偶頭等艙座位，飛行結束後航空公司的人還會在公司舉辦一個簡單的派對。邀請將要退休的機師及家人、朋友與同事共襄盛舉，但我們這些離家的孩子們卻沒能參與爸的退休派對，所以我們寄了一封道歉信。

　　當時就讀大三的我，也為了準備期末考不克參加，而分別住在芝加哥、佛羅里達、緬因與加州的哥哥姊姊們，同樣也遺憾地說因為太忙了而無法參與，並在爸的最後一趟飛行開始之前將信轉交給他，但其實我們瞞著爸媽偷偷準備了一場驚喜派對。

　　我們 5 個子女、2 個媳婦、2 個女婿與 3 個孫子女，全家人一起來到機場。當爸的飛機降落時，還不滿 5 歲的孫女，也就是大哥大衛的女兒伊莉莎白手持花束，站在關稅檢查站前。有時候空服員會比旅客更快完成入境手續出來，所以我們讓孩子在前面等。

　　要離開長時間服務的工作崗位，面對即將退休的現實，不知道爸心裡該有多麼難過。不過當孫女遞出花束，恭喜他完成

最後一趟飛行的那一刻，他的心情應該飛得比他所駕駛的波音747 還要高吧。

／ 只是個工作（Just a job），
   卻如此不平凡

舉辦這個驚喜派對除了恭喜爸爸屆齡退休之外，還有一個特別的原因。雖然現在退休年齡已經上調至 65 歲，但在 1990 年時美國聯邦飛航局規定，客機機師必須在 60 歲退休。跟其他職業群相比，機師中有許多人格外熱愛且放不下自己的工作，所以 60 歲被強制退休得機師當中，有不少人轉而從事現在已經消失的職業—「隨機工程師」，讓自己能再次進入機長室工作。他們讓出了機長的位置，選擇坐在甚至比副機長更低的位置，作為無法操控飛機只能負責飛機系統的工程師，延續自己的飛行生命。

媽媽說她看過很多人脫下機長的制服後，健康便以極快的速度惡化，所以我們都很擔心不得不退休的爸，於是企劃了這個令他印象深刻的驚喜派對，希望能夠稍微阻擋未來可能找上

他的憂鬱症。

現在回想起來，那真是無謂的擔憂。退休之後的爸一如既往，在菜園裡工作、養羊、擔任當地公立高中的理事、繼續非營利團體的工作，每天都過得十分忙碌。他在一個名叫「奧比斯」的非營利團體裡，負責將DC10型飛機改造成眼科醫院，讓各國醫生能夠學習最新眼科手術技術的工作。退休前他就一直在這個團體當義工，退休後也會一年飛個幾次，載著行動眼科醫院訪問全球許多國家，而且總是帶著媽媽一起。

奧比斯的飛行也結束之後，有一天我順口問他：
「Miss flying?（想念飛行嗎？）」

爸毫不猶豫地回答「不（No）」，並告訴我工作的真諦為何。爸從1950年代起一直擔任機長到90年代，這可說是民間航空公司的黃金時期。隨著搭機出國越來越普及，從未搭過飛機的人越來越少，更有許多人必須經常搭乘商務航班去工作。很多人都認為當時的空服員，尤其是戴著帽子的「機長」非常帥氣。但同時這個工作必須肩負起幾百人的生命，學習超乎人們想像的複雜原理以親自操控飛機，才可以賺入很多錢的職業。

不過爸很有自信且很簡單地說，那也只是一份工作。

「It was just a job.（那只是一份工作。）」

駕駛飛機跟駕駛巴士並沒有太大不同，飛機就像是台比較大、操縱比較複雜，而且可以快速行駛長距離的巴士。也因為他生在一個很好的時機，才能保障全家人過著優渥的生活，爸如此簡單總結自己的工作。他也補充，多虧了幾乎可說是免費提供給航空公司員工家屬的「旅行獎勵（飛機有空位時可乘坐的優惠）」，讓我們全家人得以到全世界各地旅行，這點則是跟其他職業比較不同的地方。

有不少人懷抱著人生一定要成就某件事的強烈慾望。有費盡心思找尋方法治療不治之症的研究人員；有想要拯救痛苦的人們，不受錯誤政治或政策所苦的政治家或領導者；有用好文章、能感動人心的文章撫慰人們悲傷心靈的作家；也有致力於教育，希望有才能的孩子能成就大事的老師；有奉獻自己將信仰帶至世界各個角落的傳教士；有為了比任何人都賺更多錢而投注熱情的人。

這些人或許會覺得爸的想法微不足道，但其實他的願望非

常簡單。和妻子一起養育孩子、看見需要幫助的人時便出手援助。駕駛飛機只是讓他可以透過自己喜歡的事，賺進足夠的金錢以維持理想生活的職業罷了。

我問他有沒有想過要做更大的事，例如經營航空公司之類的，爸則回答說，職業也是一種愛的表現。愛有順序，為了最愛，我們必須決定第二愛的是什麼。他的最愛是妻兒，以及他與妻子可以努力幫助的人們（所有上帝帶到他們身邊的人）。雖然不知道開著巨大的飛機在空中飛行，在爸爸心中名列第幾，但我想應該不是名列前茅，那不過是實踐最優先的愛所必須的手段。

／ 學會實踐愛的方法

有段時間我也夢想自己能夠名揚國際。當我會彈鋼琴之後，便夢想成為國際知名鋼琴家；當我錄取 4 所一流大學時，便決心成為第一位獲得諾貝爾獎的韓國人；上大學時，我決定以視障者難以從事的醫師為目標，醫師的路一受阻又嘗試挑戰成為一流大學教授。

156

曾有人說過：比起立志成為作家的人，善於寫作的人更可能成為作家。與此相反，我雖然不喜歡演奏鋼琴，卻渴望獲得眾人的掌聲；比起鑽研於某個領域，我更渴望獲得諾貝爾獎，甚至想成為韓國第一人；雖有想幫助人的念頭，但立志成為醫師卻是源自於我的傲慢；雖然我的眼睛看不見，但我想讓全世界看見我能做得到；決定成為一流大學的教授，也是為了獲得那份職業所帶來的名聲、尊敬。

／ 最愛需有排序，
　　才得以成為最愛

身為華爾街證券分析師需要經手鉅額金錢（買賣公司的價格和手續費、賣證券的規模、許多人的年薪等），許多人都認為這是一份很棒的工作。我同樣享受這份工作、喜歡且尊敬一起工作的人。負責的是沒有與投資銀行直接相關的資產管理業務，所以壓力也沒有那麼大。雖然工資不如投資銀行那麼高，但也能夠保障我們一家人過著一定程度的理想生活。雖然這並不是我刻意為之的結果，但我最終也跟爸一樣，經由自己享受

的事情來實現我的最愛。

我不想評論愛工作更勝家人，把工作看得比家人更重的人，因為要有這些人，世界才得以發展、得以減少不公。但就像爸認為我們理應選擇自己所愛的順序一樣，我同樣也不曾懷疑我與妻子共享的愛應該排在哪個位置。

雖然整天都在公司工作、跟同事說話，但那份悸動卻比不上離開公司大樓步上回家的路。我會一邊低聲說著：「回家（Going home）」，一邊想像張開雙手迎接我的妻子與孩子們。到家後擁抱妻兒時，便會感覺一整天的疲憊像檸檬糖一樣融化。

長時間分析公司所發行的股票和債券，我發現一件事。這雖沒有精準的統計數據，不過優秀的公司員工或明星職員當中，有不少人單身或離婚。反過來想，我們可以得知，為了在企業裡成為更優秀的人，或許不得不犧牲與家人的幸福。金錢與權力固然很好，但我相信沒有比家人更重要的事情了。

所以對我來說，工作、職業全都是為了家人而存在。面對死亡時，我希望我能後悔地說出：「應該要多花點時間在辦公室裡」。因為反過來說，這句話就表示我努力把時間花在更重

要的事情、我最愛的人身上了。

15

你帶著什麼心情
前往公司

——

尋找令自己滿意的工作

　　如果你的工作在你的理想與現實之間，那仍是值得慶幸的。2013 年春天，我的教會青年部舉辦了導師會晤（Mentor's Table）活動。這是一個是邀請即將畢業、在研究所就讀或已經開始工作的教友，跟從事不同職業的人見面的活動。在金融領域工作將近 19 年的我也參與了這項活動，跟幾位煩惱未來工

作、發展的年輕朋友共度一段時光。

在那次聚會上令我印象深刻的一段對話，起自於一位聲音特別有力量的參加者（就叫他潔美吧）對我提出的問題。潔美從學校畢業之後，便到一間在美國也相當知名的大顧問公司就職。接受客戶委託前往公司監察的她問我，要如何知道現在做的事情是否適合自己？

聽見這個問題的瞬間，我突然想起堪稱投資人翹楚，巴克夏‧海瑟威執行長華倫‧巴菲特的一席話。當有人詢問他的工作習慣時，他總是回答，每天早上以想跳踢踏舞的心情進公司，因為這表示他十分享受自己的工作。

我借用巴菲特的話回答潔美的問題。看看自己在度過週末，週一早晨來臨時，帶著怎樣的心情前往公司，就能知道現在的工作是否適合自己。

若你覺得週末為何這麼短，感覺腳步沉重無比，那麼現在的工作可能就不適合你；而即使不到跳踢踏舞的程度，但你發現自己並不討厭星期一早上，而且能夠愉快地在辦公室工作的話，那就可以說你選擇了一份適合自己的工作。

/ 尋找令自己滿意的
工作之理想標準

這是個難以求職的年代。無論在韓國還是美國，甫自學校畢業的新鮮人求職相當不易。在我讀大學時，主修特定的學科，例如主修電腦或取得律師執照，就能確保一輩子衣食無虞。不過時代變了，世界變化的速度越來越快，需要人們親手處理的事情日漸減少。人們必須快速將必要的事情做到最好，而我掌握變化趨勢的能力也必須持續成長，才能在職場上生存下來。這就是生活在 21 世紀已開發國家的我們所面臨的現實。

在這樣的現實之下，對某些人來說，找到最適合自己的工作這個要求或許成了一件可笑的事，有人會覺得說這些話的人真是無聊至極。不過我認為世界已經變成如此，而且仍舊繼續改變，反而有更多人需要找到最適合他們的工作。

唯有從事適合自己的工作，人們才會更享受工作、更認真工作，而且傾注必要的努力讓自己的職涯成長，不是嗎？

那麼，我們必須更仔細定義何謂適合自己的工作。畢竟喜

歡星期一早上去上班這件事，與其說是喜歡工作，也有可能是因為喜歡跟同事在一起的時間更勝於家人。

投身職場已逾 20 年的我，對工作的滿意度大抵來說是偏高。學生時期，我便為工作滿意度訂立了 4 個標準，因為我希望自己能從事一份同時符合這 4 項標準的工作，所以才訂下這些標準。

如果要長時間，甚或是打算做上一輩子，那首先必須要是自己喜歡的工作。即使賺的錢不多，但如果能喜歡到讓你願意選擇那份工作，那就表示你可以將那份工作當成未來職志。如果只靠這項標準來選擇我的天職，那我或許會成為書評。

我在大學時就一直很羨慕讀文學的朋友，不過因為別人說工作不必非得跟主修有關，再加上我也有點卻步，所以最後沒能選擇文學成為我的主修。但我很羨慕能夠在精進課業的同時也能讀到好書的朋友，所以如果我選擇成為讀書、評論，在其他人的閱讀生活中幫上一點忙的書評，那我或許會更享受自己所做的事。

我對於理想工作的第二個標準跟同事有關。據說從剛開始工作的 20 多歲，到 50-60 歲將退休之前，跟同事度過的時間要比跟家人多上許多。所以如果可以的話，我希望能夠在有很多我喜歡、尊敬的人的領域，以及人們會喜歡我、尊重我的領域裡工作。

　　那時我認為，喜歡做「好事」的人應該跟我很合得來，例如教導學生的老師、幫助患者恢復精神健康的諮商師或醫師，再不然就是任職於非營利團體的人等等，都可以說是我理想的來往對象。

　　除此之外，到學校校園裡招募未來職員的公司當中，有一半以上都是華爾街投資銀行或顧問公司，其實我對努力想進入那些企業的學生嗤之以鼻。我認為這些人腦中，充斥著他們未來的跑車想要什麼顏色、對各式名牌服飾與包款的慾望，並單方面地認為他們肯定是被這些物欲所迷惑，更以為了人類福祉而奮鬥的自己為傲。

　　這些大學同學中，似乎沒有人認為我會在幾年後進入華爾街。與其說他們是沒想過視障者可以從事這份工作，更應該說

是大家都很清楚，我的人生哲學是獲得祝福與恩典的人，必須要過著幫助他人的生活。

其實我自己也沒料想到，我會在幾年後進入投資銀行，過著每週工作超 80 小時的生活，因為我過去始終相信，這樣的地方並沒有工作能符合我對理想職業的第二項標準。

而我心中第三重要的理想職業標準則與金錢有關。我想從事報酬水準足夠讓我享受理想人生的工作。那時我認為自己想要的束西很簡單，因為我相信只要賺來的錢能滿足全家人需求，並滿足一定程度的慾望就好。我不僅沒有清楚區分需要與想要，更沒有意識到人的慾望永無止盡，所以就沒有剔除清單上那些無法賺取足夠金錢的選擇。

我認為應該追求的最後一項職業標準，是關於工作所具備的意義。享受自己從事的工作、跟同事維持良好關係、滿意獲取的報酬固然重要，但也必須思考自己從事的工作究竟具有什麼意義。

我曾聽說即將死亡的人會後悔地說：「我應該活出更有意義的人生……」雖然幾乎沒有人可以在人生的意義上獲得完全

滿足，不過如果能有更多人從事「好事」，那我就別無所求了。除了諮商師、醫師、老師、非營利團體員工之外，以文字改變人心的作家、為正義而努力且不忘慈悲的法官、為弱小無力之人捍衛全力的律師等，也都是我屬意的工作。

/ 令我感到無比滿足的人生

訂定這些標準，勾勒屬於我的未來職業不知不覺距今已 20 年。該說是沒有人的人生會依照原計畫走嗎？最終我選擇進入華爾街成為分析師，前後在兩間公司經手投資銀行業務與資產管理業務，這讓我知道，任意評判、輕視他人的人生是多麼危險的事。我在偶然的促使下，自然來到這裡工作，如今還很享受我的工作、跟同事關係良好，雖然賺取的報酬比大多數人想像得要少許多，不過，這已讓我非常滿足。

我認為自己所做的事情，距離我訂定的最後一項職業標準「人生的意義」還有很大一段距離。我曾經負責的投資銀行業務，是連結需要資金的人（公司或政府機關）以及有錢要投資的人（錢很多的個人、家庭或團體）。而現在負責的資產管理，

則是負責管理他人的金錢。雖然是幫助證券發行商與投資人，但更精準的來說，這可以說是讓有錢人更有錢的工作。就像外表出眾的人再去做整形手術其實沒有太大意義一樣，我所做的事情，對有錢人來說同樣也不具備很大的意義。

所以雖然前面列舉了我對理想職業的 4 項理想條件，但其實很少有職業能完全符合這 4 項條件。哪一項標準比較重要，會因個人的價值觀而改變。如果認為家人豐衣足食的生活最重要，那就會偏好報酬最高的工作；如果富有使命感，渴望讓不公平的世界更公平一些的話，那就會追求更有意義的工作。

回想起來，這 4 項理想職業標準，雖然對於找到理想職業並沒有太大幫助，但卻讓我對自己的工作具有高滿意度。因為當我沒有把工作做好，或是因為不景氣而收入減少時，我也會因為工作仍然有趣、跟同在一條船上的同事之間的愛與友情沒有消失，而不會對工作產生太多不滿。即使有比較挑剔的同事進到我們組，或同事的態度突然改變而破壞團隊合作，但我仍然享受自己的工作，收入也不會對家人的食衣住行育樂造成太大的影響，所以我從不會對職業感到不滿。

我曾跟朋友說過這些話，對方反問我是不是把用樂觀態度看待困難的人生哲學講得太複雜了。我透過這 4 個濾鏡理解職場生活，而那也確實帶給我很大的助益。在金錢成為成功唯一準則的此刻，這樣嘗試賦予工作意義似乎也不無用處。我也暗自期待能藉著用這種方式詮釋工作，讓我們星期一前往辦公室的步伐能稍微輕盈一些。

16

必須看見原本的價值

———

證券分析師眼中,投資與教育的共通點

在我來美國之前曾經聽人說過,在美國,鋼琴調音師是視障人士之間相當熱門的職業。如果想讓鋼琴發出正確的聲音,就必須每 6 個月調整一次,搬運鋼琴之後也必須調個 1-2 次,才能確保琴聲穩定。即使沒有絕對音感,但視障者的聽力非常出眾且聽感十分細膩,一般認為會比看得見的人更擅長這份工作。

不過我不僅沒有敏銳的音感，更是出了名的音癡，所以從來不曾夢想擔任鋼琴調音師。只是後來有人問我證券分析是怎樣的工作時，我突然覺得我選擇的工作其實很類似鋼琴調音。讓每個琴鍵能發出正確的聲音，就是調音師的工作，無論調音師是靠絕對音感還是靠機器，都必須要知道何謂正確的聲音。

相同地，證券分析的第一要務也是看見證券的「固有價值（Intrinsic Value）」，也就是看出證券原本的價值。不幸的是，世界上並沒有能讓證券分析更順利的「絕對價值感」，所以我們必須靠分析和計算找出證券原本的價值。證券雖不像聲音一樣有精準的震動頻率（例如第四個八度的 A 音是 440 赫茲），不過仍可以透過不算太困難的計算，推估證券原本的價值。

如果這段話沒錯，那為什麼有很多人無法靠證券賺錢，甚至會因為碰了證券而蒙受巨大損失呢？每個專家都會給出不同的答案，而我想這樣解釋：因為人天生有想要從眾的慾望，所以會忽略了股票的原始價值，而這個價值需要靠分析才能得到，且眼睛看不見。

投資者必須看到
企業原本的價值

我曾經建議那些投資股票後，天天忐忑不安地守著新聞的人，應該減少看報紙、新聞和聽廣播。如果把辛苦賺來的錢拿去投資股票，那至少要對自己購買的股票價值有信心。完全不去看證券發行商的相關資訊固然很蠢，但對於已經習慣資訊轟炸的現代人來說，區別哪些情報會影響股票的根本價值，哪些情報需要左耳進右耳出的能力，就顯得十分重要。所以我們必須學會去忽視一些沒有價值卻使股價波動的現象，才可能在股票投資中獲得成功。

無論別人說什麼、無論拋售股票的人再多、即便花 250 元買的股票跌到 200 元，只要你計算出來的股票固有價值為 500 元，那你就應該繼續堅持，以 200 元買進更多這些價值為 500 元的股票，這樣才可能在投資中成功獲利。

從某個角度來看，證券分析其實並不複雜。每個領域確實都需要專業知識、眼光、解讀會計情報的能力以及現金流（cash flow），也就是要理解以現金流動為基礎計算原始價值的模組，

不過更重要的是，時時提醒自己投資這項行為所代表的意義，以及忠於這一點的態度。

股票代表一間公司的所有權。也就是說，人們投資的不是名為股票的證券，而是投資一間公司。這麼說來，購買上市公司股票的行為，和購買高人氣咖啡廳店面並沒有太大不同。如同咖啡廳的老闆持有店面一樣，上市公司的股東也持有該公司，只是擁有的比例會隨著股票的數量不同。

做為一間公司的持有者，期待的事情大多是一樣的。希望持有的公司能把工作做好、增加顧客、提升商品或服務的價格、讓其他競爭者想追也不容易追趕上，比競爭對手更早一步開發出商品或服務，成為該領域的第一名等等⋯⋯而投資股票時至少要注意以下三點。

第一，我認為投資人持有股票的時間必須越長越好。就像很少有人在買店面時會想說只要持有幾天就賣掉一樣，投資股票最短需要 5 年，理想情況要用至少可以放 10 年的錢去投資才對。

第二，必須要明確知道是為了什麼把股票賣掉。我們公司的投資專家，通常會基於兩個原因賣股票。一是在市場的售價

已經接近或超越其原本的價值，二是發生一些事情，使我們對投資公司的根本理解有大幅改變時。每個人都能理解，當判斷股票變得太貴時就要賣掉，但發生事情致使我們對公司的理解大幅改變時賣掉股票，又是什麼意思呢？這指的是我們在製作投資對象清單時所使用的標準，也就是理想公司的特徵有所改變。

例如發生經營團隊誠信度出現有疑慮的事件，那我們就會毫不猶豫地賣掉該公司的股票。不過，除此之外，我們很少會為了其他因素而賣股票。如果是會因為市場指數下滑、利息上漲、匯率如何波動、誰當上總統等原因而賣股票，那乾脆一開始就不要買。這就好像買了咖啡廳的人，不會因為這些理由而賣掉店面一樣。

第三，分析時雖然必須聽他人的意見，但不能隨著他們的判斷決定自己的投資標的。聆聽該領域專家的見解、公司代表的成果、狀況、計畫的說明、投資目標公司與競爭公司員工所說的話等，確實能帶來幫助。不過以他人的判斷為基礎買賣證券，仍然是件有風險的事。即便是專家，他們的判斷也不可能總是正確無誤，而且我們通常也無法立即得知他人的想法是否

改變，所以在無法確信證券原始價值的情況下就投資，實在不是什麼好方法。

╱ 父母也必須看見孩子
原本的價值

如同證券與企業都有隱形價值，人也有隱形價值。對我來說，重要的人的價值會隨著狀況而改變，所以我們很容易遺忘他們原本的價值。

例如不久前我看到一則關於大學學弟和他女兒相處的臉書貼文。他的女兒跟我兒子年紀相仿，見面時兩人都可以玩得很開心。學弟寫說他的女兒在海洋世界（Sea World）成功爬上了非常難爬的梯子，拿到了一個很大的粉紅色大象玩偶。當我看到這篇貼文時，我的腦海裡閃過下一次我們全家人到海洋世界時，我會站在同一個梯子前要求兒子爬上梯子的畫面。

我跟妻子對於孩子的想法很單純，現在有一個孩子是我們自己生的，另一個孩子則是透過領養方法來的，我們相信他們

除了是我們的孩子之外，也都是上帝的子女，所以我們必須用心愛護、養育這兩個孩子。尤其必須配合孩子的特質培養他們，我們不該將自己的希望或慾望加諸在孩子身上，而是應該配合他們的資質與期待，打造適當的成長環境，就是我跟妻子共同追求的父母職責之一。

但一聽說粉紅色大象的故事之後，為什麼我會聯想到自己強迫孩子，爬上那個他絕對會討厭的梯子呢？我對這名學弟並沒有什麼競爭心態，如果學弟的貼文不是女兒拿到大象玩偶，而是考上哈佛或是在國際音樂大賽拿到第一的話，我想自己的腦海中或許不會閃過什麼畫面。養育孩子和我事前的偉大想像截然不同，我發現自己把兒子當成滿足我競爭心態的工具。

10 年前，好不容易得來的兒子出生時，我心中充滿了感謝與歡喜，只希望他能夠健康長大。當時我也明確認知到這孩子的價值，他就是上帝的孩子，由上帝特別交給我們養育。因為我們經過長時間不孕症治療仍然失敗，在放棄之後竟奇蹟似地生下這個孩子。我一方面很好奇上帝給了我們帶有何種資質的孩子，另一方面也決心要依照上帝所造的方式好好養育他，讓他能夠發現、開發自己的才能。

但在日常生活的現實中，我經常會忘記這得來不易的孩子真正的價值。當聽到別人說他的行為太幼稚，不像個 10 歲的孩子時，斥責他倒還沒關係。但當發現我斥責他的原因不是為了他，而是為了我的自尊心時，我便對自己感到失望。同樣地，我可以用心提供孩子最好的學習環境，但我經常會想，這很可能是想讓孩子實現我沒能實現的願望，想透過孩子的成功提高我的價值。

或許會有人反駁說，哪有父母完全不會這麼想，不過我覺得以其他父母也都用這種方式來栽培孩子為由，而不控制自己對孩子不恰當的動機與野心，與盲目跟隨追求短期利潤的證券市場沒有太大差別。

如同我們可能會忘記擁有股票就代表投資一間企業的一般，我們也可能會忘記養育孩子的過程中父母必須要做的事，其實是負起責任將孩子培養成能獨立在世界生存的大人。如果因為跟其他孩子比較、因為面對其他家長時所產生的自卑感，或是因為要維持父母的優越感而給孩子壓力，那麼在孩子們心中的自我價值也會隨之下滑。

如果想記住孩子原本的價值，也讓孩子將這件事銘記在心，就應該持續提醒自己記得那些眼睛看不見的珍貴價值。持續用語言和行動，讓孩子可以確認自己是父母心中最好的、最寶貝的兒女。也要一直告訴他們，他們能夠成長為這個世界所需要的人，讓他們更有自信。從這個角度來看，父母這個角色或許就像證券分析師，要記住孩子原本的價值並堅持下去，才能夠獲得成功。

17

差異不能
成爲障礙

—

不論是成為朋友或同事

這是我即將大學畢業之前發生的事。我去找一起就讀首爾盲人學校的朋友（暫且稱他為哲洙）玩，當時我住在波士頓，哲洙住在加州，所以為了見老朋友一面，我們必須搭將近 6 小時的飛機飛到對方的城市。

我在那裡見到哲洙最要好的朋友，因為那個人的名字也叫哲洙，所以兩人自然而然成為最要好的朋友。不過對於這段友情，兩人異口同聲地說，他們雖是最親近的朋友，但兩人卻有一個最明顯的差異。那就是他們其中一人是眼睛看不見的「視障者」，另一人則是看得見的「一般人」。聽完他們這麼說之後，我雖然想說點什麼，但覺得好像也不適合對第一次見面的人說：「朋友之間要這樣劃分界線的話，又怎麼能說彼此是最要好的朋友？」我便選擇保持沉默。由於我朋友也同意這段話，而且認為這沒什麼，所以我決定把這件事當成是我無法理解的事。

/ 成為「朋友」的
必要條件是什麼？

在往波士頓的回程班機上，他們所說的話在我的腦海中揮之不去。視障者與一般人之間的友情，真的有需要這樣刻意清楚劃分彼此的不同嗎？

由於我高中就讀的不是特殊學校而是一般學校，所以視力

正常的朋友比視障朋友多上許多。想起他們的對話，我感到疑惑，我跟我的朋友之間也有這樣的一條線嗎？

我想到每星期六都會開車來接我，一起去參加教會高中部聚會的大衛。大衛在我競選學生會長時也相當熱情地幫助我，為我的當選做出很大的貢獻。他自己也擔任副會長，那一年跟我一起做了很多學生會的事情。

我想起每個活動都不會忘記我的教會朋友。是一群打排球時會留一個位置給我，跟我一起移動、做好輔助的朋友。也因此我身邊一直有一群實力高強的朋友，能夠擋下任何往我飛來的球。

不知道大學室友麥可是不是也這樣想？雖然每次我們討論到政治時，都會爭論得像要吵架一樣，但平時他總是會讀信給我聽，他是否也覺得這只是在幫一個視障室友呢？雖然我一方面在想回到波士頓後要問問他，但一方面又很害怕聽到答案，最後決定作罷。

由於身障者與非身障者的友誼，通常都是單方面提供協助，所以我也想過非身障者之間的友誼是否也有我所不知道的一面。

不過我覺得，這個想法似乎也不太具說服力。即使是沒有障礙的人，每個人仍有屬於自己的特徵，朋友之間也不可能總是公平以對。高個子跟矮個子當朋友，要拿放在高處的東西時就必須由高個子的人來做；富裕的孩子跟不富裕的孩子成了朋友，富裕的孩子為朋友所花的錢自然只會比另一方多不是嗎？

也因為朋友們似乎也獲得過我不少協助，所以我實在無法接受因為都是單方面付出，就說身障者與非身障者是有差別的朋友這個說法。我想起過去我曾強迫因學業壓力而痛苦的<u>麥可</u>，搭上往加勒比海某個小島的飛機去度假的事。休息幾天回來之後，他的學業再次突飛猛進，他也一直因為這件事感激我。所以我覺得<u>哲洙</u>，或應該說兩位<u>哲洙</u>的友誼讓我感覺一絲悲傷，但最後決定將這令人難受的回憶收進心裡。

不過在 2006 年與 2007 年的夏天，我更深刻地感受到身障者與非身障者之間，確實有著一道巨大的高牆。2006 年夏天，我為了見證燭光集會而短暫回了一趟韓國，順道跟許久沒見面的首爾盲人學校朋友聚會。

當時我離開韓國已經 24 年，從朋友那裡聽說的事情卻令我

驚訝不已。視障者的處境就跟 24 年前一樣，幾乎都在從事按摩或針灸等工作。當然，也有人當上教授、教師、牧師，但有超過 90% 的人都以按摩和針灸維生。他們說把按摩或針灸事業經營的有聲有色而賺大錢的人只是少數，大多數的人連工作都不容易。因為有許多非視障者也進入了這個行業，使得競爭越來越激烈，狀況反而比 24 年前更差。

我問他們說，有沒有人在學校或教會以外的一般公司上班，他們說幾乎沒聽過這樣的人。我低聲自問：「為什麼會這樣？」一個朋友便解釋說，一般公司說我們跟看得見的人不一樣，所以無法同等地一起工作。這段話對我來說，是令人難受的真相。

／ 跨越看不見的障礙

一年後，2007 年的夏天，我到一間位在韓國的資產管理公司參加面試。一位朋友問我有沒有打算回韓國生活，說他有一位朋友與人合資開設了一間，主要從事資產管理事業的韓國公司，要找一名投資負責人，問我有沒有意願到那裡工作。

這個提議讓我感到開心，原因有兩個，一是我想跟父母、手足一起生活幾年，同時另一方面也想證明，視障者也有足夠的能力在一般的韓國公司任職。

　　而最後我沒能獲聘的原因有幾個，一方面是我的經驗還不足以成為韓國第四大資產管理公司的投資負責人，另一方面則是對方問我會不會喝炸彈酒的時候，我給出了一個嚴重偏離正解的答案。

　　不過那間公司的韓國員工、以及競爭對手的員工聽了我未能獲聘的理由之後，反而給出了在我意料之外的意見。他們認為我之所以未獲聘，是因為對方擔心也許每天一起工作的同事能理解我的障礙，把我當成共患難的夥伴，但顧客可能不這麼想。即使我的能力足以勝任這份工作，但若基於信任把資金交給資產管理公司的顧客，會因為我的障礙而感到不安，所以韓國很少會有公司願意二話不說地雇用我。而家人朋友也都勸阻我，不要放下美國的好工作回韓國。

　　這兩個經驗讓我有一些意外的想法。在韓國，身障者與非身障者之間有一道看不見的障礙，就像過去曾經存在於美國的

「隔離但平等」（separate but equal），也就是以黑人與白人雖然被隔離開來，但仍是平等的法律原則為基礎，讓黑人與白人之間存在著明顯的障礙。

南北戰爭之後廢除奴隸制度的美國，因為黑人與白人生活在同一個社會而產生許多混亂。1890 年起美國便依照這個原則，分別設立黑人學校與白人學校，黑人與白人的餐廳、公廁等也都分開，搭公車時黑人只能坐在後面，火車上也有專屬黑人的車廂。

這道種族歧視的高牆越築越高，人們開始意識到隔離無法平等的真理。於是最高法院在 1954 年宣判這項原則違憲，也可以說白人與黑人之間的合法障礙便因此被推倒。當然，1954 年最高法院的判決並沒有解決一切，但卻讓美國社會的種族歧視問題逐漸減少，而且很明確地告訴人們，在同一個社會因人種而隔離彼此，對於平等並沒有幫助。1954 年的當下，或許根本沒有人會想到 54 年後的現在，將會有一名黑人當選美國總統。

/ 跟視障者一起工作的同事

曾在一般公司度過超過 20 年職場生活的我，又有怎樣的經驗呢？1994 年我首度進入 JP 摩根時，確實經常遇到人們問我視障者要如何分析證券。那時證券分析師要閱讀、分析的資料大多以書面形式呈現，如果我想閱讀內容，就必須一張張掃描，再透過 OCR，也就是光學文字判讀系統來閱讀。如此工作幾年下來，同事也開始信任我。1998 年開始找下一份工作時，在面試過程中反而更常聽到「能在 JP 摩根工作的人，應該也能輕鬆勝任其他工作」，而不是詢問我視障者要如何做各種事情。所以我才會收到兩間公司的錄取通知，並得以加入目前任職的布朗兄弟哈里曼公司工作。

為了寫這篇文章，我詢問了幾位同事，跟視障者工作是怎樣的感覺？也許是因為他們都跟我共事很久，所以都說沒有什麼不方便的地方。其中一個人則說他因為沒辦法把剛出生七個月，全世界最可愛的女兒的照片拿給我看，而感到非常難過。

另一個人則說很擔心自己會有什麼愚蠢的發言或行為，例如一起看報告的時候，要我看看那段套上紅色的文字，或是沒

想太多就丟東西要我接住等等。總之，他擔心會忘記我是視障者，所以做出一些令人不愉快的舉動。

他們很清楚知道看不見的我需要什麼，例如傳訊息給別人時用圖片方式傳送的資料，會轉用文字傳給我，或是走在路上遇到階梯時，會自動提醒我「上樓」（step up）或「下樓」（step down）。對於我的同事來說，跟視障者一起工作、生活已經習慣成自然。其中一個人還曾經告訴我，他跟眼睛看得見的其他朋友出門時，也會提醒「上樓、下樓」，反而被朋友們認為很奇怪。

我仔細回想了一下，同事的言語或行為是否曾經讓我不快。要說超過 20 年的職場生活都沒有這種經驗，那肯定是騙人的。不過只有一次，讓我覺得那種不快與我的障礙有關。

一名女員工在 2007 年底加入我們團隊，她才剛進來沒多久就跟我說，主管之所以會對我有很高的評價，一方面雖然是因為我是個很有實力的證券分析師，但一方面也是因為我雖是視障者，但卻能把工作做得很好。先不說這話究竟有沒有道理，親口對我說這種話，聽在我耳裡只有兩個意思，一是相信我聽

了這種話不會心情不好，不然就是想透過說這些話，來正當化自己較不受高層認可的處境。總之，那的確不是聽了會讓人開心的話。

在人際關係之間造成隔閡的不只是肢體障礙。政治或宗教思想、社會與經濟地位、出生的地方或文化差異、外表或個性差異等，許許多多的原因致使我們難以接受「我們」以外的他人。

我想，就算面對無法成為「我們」的人時，能承認並接受他們的想法和期待，才是真正成熟的人。同時，追求這樣的成長，才是我們在有著重重難關的現實社會中所必須付出的努力。

Let's live another day.

（總會有新的一天）

感覺自己所處的情況不公平時該怎麼辦？我總會像咒語一樣對自己重複「總會有新的一天（Let's live another day.）」，努力度過當下艱困的狀況。

舉一個小小的例子，因為導盲犬維克而被計程車拒載的時候，我會告訴自己：「總會有其他計程車司機（Another day, another taxi driver.）」，然後去找下一台計程車。根據法律，我們可以向警察檢舉拒載的計程車司機，但我一邊安撫自己的脾氣一邊告訴自己，不如體諒一下那些因狗毛而拒載的計程車司機。

當我因為自己是身障者而在求職上遭遇困難時，我會告訴自己：「總會有其他工作（Another day, another job.）」，然後繼續查看徵才清單，努力寄發我的履歷和求職信，結果讓我擁有獲得「兩個工作（Another day, two other jobs）」的幸運。這兩間公司為了爭取我加入，還特意抬高薪資相互競爭。

刊登徵才廣告的公司，後來知道我是視障者時，大多會突然改口說已經找到合適的人選，然後再刊出同樣的徵才廣告。與其去批評他們，我不如堅持還有更好的工作在等著我的想法，繼續求職。當時給了我莫大力量的一句話，就是「總會有新的一天」。

重要的事

之五

———

分享

「我選擇施予恩典的人生。
充滿感激的人生與靈性訓練的人生都是為了我自己。
但體驗過他人恩典的人,再次將恩典施予他人,
不僅是為了我自己,更是活出幫助他人的人生。」

18

主啊，
我爲何看不見？

苦難的理由與目的

　　我有一個大我 10 歲的阿姨。我的母親有 11 名兄弟姐妹，只有這位阿姨和我們家的關係特別親近。她的先生在大韓航空工作，被調派到美國期間經常照顧我。這位阿姨曾經跟我說，有宗教信仰是件好事。

滿 8 歲那年，我被醫師告知說很快將會失去視力，對於該如何扶養一個視障的孩子，父親那個身為眼科醫師的朋友建議說務必要讓他擁有信仰，而且基督教比佛教更好。

／　失明不是因為有罪

　　其實，我幾乎可以說是在沒有宗教信仰的家庭長大的。父親與篤信佛教的奶奶不同，從來不曾踏足寺院；母親雖然小時候曾經受洗，大學時也成為宿舍代表進行餐前禱告，但也沒有持續上教會過著有信仰的生活。

　　或許是因為這樣，我一開始並沒有太多宗教與信仰的相關經驗。頂多只有在釜山的聖母醫院，從修女那邊拿到復活節時的彩蛋而已。但進入首爾盲人學校展開寄宿生活的同時，我開始為了獲得點心參與禮拜。我過去就讀的首爾盲人學校，宗教活動十分活絡。每週一晚上會有 3 個宗教團體聚會，我參加了規模比圓佛教和天主教更大的基督教聚會。一方面是因為這樣晚上就不用自習，另一方面也是參與禮拜所能拿到的點心非常吸引我。

禮拜時，孩子們會拿到點心麵或是麵包之類的點心。現在回想起來會覺得那沒什麼，但當時免費的點心真的非常吸引人。也因此，我至今都還是說我是用嘴接受信仰的。因為過去我總是一邊吃著點心，一邊接觸到聖經上的話語。我嘴裡含著星星糖，一邊聆聽讚歌。

就這樣不知從何時開始，我開始能聽進聖經裡的故事了。約翰福音第九章裡，耶穌的弟子提出了一個我非常熟悉的問題。這名弟子看著一名視障者問耶穌，他一出生眼睛便看不見，這是誰的罪？是因為自己的罪，還是因為父母的罪，才使他成為失明的人？這也是我經常從別人嘴裡聽到的問題，於是我很快吞下手上的麵包，認真聆聽這個故事。

耶穌回答弟子，不是因為視障者的罪，也不是因為他父母犯下的罪。只是上帝希望透過他展現上帝正在做的事，所以才讓他生為視障者。這段話成了我樂觀看待視障的契機。不是因為我為上帝所用，是因為我接觸到障礙並不是罪的代價這句話。

大人經常對我說，到底是誰犯了這麼大的罪，才會害你看不到東西？家中也有一些長輩會說，不知道是上輩子犯了什麼

錯，這輩子才會發生這種事。眼睛看不見已經是很不方便、很難過的事了，那些理所當然地說著失明是因為上輩子犯罪、祖先犯罪的口氣，感覺就像是第二次剝奪我的視力。

但耶穌不僅說障礙不是罪，更說障礙有其目的，是為了透過少數的幾個人，讓世界知道上帝正在做的事。也有些人認為，這段教誨只是在說當時在弟子與耶穌身邊，也就是後來因為耶穌而重見光明的視障者而已。但對當時年幼的我來說，卻像是在告訴我，我的障礙也有目的。也因為我如此理解這段內容，於是我開始接納信仰。我現在仍希望能夠透過自己的障礙，讓更多人看見上帝。

／ 我憑什麼能到美國去留學？

後來發生了一件令我不得不加深信仰的事。讀過前面我描述留學過程的讀者應該很清楚，我在滿 11 歲那年獲得全額獎學金，受邀前往位在美國費城的歐弗布魯克盲人學校留學。我還記得，1981 年初夏的某一天，母親來到首爾盲人學校找正在上課的我。當時我食量很大，正想著要到學校附近的中式餐廳吃

炸餃子、炒碼麵，而且也還想再點個糖醋肉。沒想到母親卻問我，是不是真的想去留學？

我需要稍微解釋一下這個問題。那年的 1-3 月，我曾經到美國巡迴表演。我以伴奏的身分，和學長們組成的男子四重唱一起從加州巡迴到紐約。當時造訪了歐弗布魯克盲人學校，也因為設施非常好，所以我便想在這所學校讀書，也才會在父母來機場接我的時候，提出送我去留學的要求。不過高達 2 萬美金的學費和住宿費，讓我的留學之路困難重重。

後來我才知道，不懂事的孩子說想去留學，而且留學費用要每年 2 萬美元的事情，讓父親覺得前途一片黯淡。父親開始煩惱，而我更是到很後來才知道，這個煩惱成了父親一直放不下的悔恨。因為雖然我做了大約 22 次的眼睛手術，但父親仍一直在想「如果能送我去先進國家動手術就好」。歸根究柢是因為自己能力不足，而使得孩子成為視障者的遺憾深植在他心中，長期折磨著他。當然我知道，父親讀到這一段的時候，肯定會否認他曾這麼想。

讓我們重新回到中式餐廳的話題。當時我無法理解母親為

何要問我這個問題。我幾乎嚼也沒嚼地就吞下一顆煎餃，然後反問她說，是不是有錢能送我去，所以才這樣問我。接著她便告訴我，我想去的歐弗布魯克提供全額獎學金的消息。真是難以置信，本以為不可能的夢想竟然成真。新學期從 9 月開始，也就是說，如果想在幾個月後出發去留學，那就得從現在開始準備，於是母親再度問我是不是真的想去留學。只是這狀況來得太突然，我無法立刻回答。我只能請她給我 3 天的時間考慮，母親答應之後就回家了。

後來的 3 天說來奇怪。我一方面很高興，一直按耐不住想把這個好消息分享給別人的心情，一方面又害怕那裡陌生且語言不通，不明白自己怎麼會想去那麼遠的地方留學而感到不安。待在家人身邊、在熟悉的學校、跟好朋友們一起、在懷抱熱情，希望能好好教育視障生，讓學生能抬頭挺胸面對世界的老師教導之下，應該可以過上不錯的生活。不過我也很確定，這個前往更廣大的世界的機會將不會再來，更何況是前往那個據說只要受教育，就有更多機會能獲得工作的美國。

最後持續在我腦中盤旋的問題只剩一個：「我憑什麼去留學？」敏銳的人應該已經發現，我是如何解決這個問題的。沒

錯，我雖然沒有認識的人，但最後以「相信上帝、依靠上帝、帶著上帝一起去」的結論結束這 3 天的煩惱。現在回想起來，這真的很可笑，畢竟我當時也沒有那麼篤信宗教。

只是因為年紀輕、人們偶爾不假思索扔出的一句充滿戲劇性的話，就讓我的人生方向大轉彎。我最後在週末回家時，將自己的結論告訴父母。

不過最後政府文教部以我還是小學生為由，沒有允許我立刻去留學。於是我在隔年，也就是 1982 年夏天才踏上留學之路。但年幼時的自己為了安撫留學的恐懼所說出的那幾句話，竟然為我指引了未來人生的方向。

彷彿每件事情都在上帝的掌控之中。在入學前 6 個星期照顧我，並幫助我稍微熟悉英文和美國文化的家庭，應該也是上帝親自為我準備的。很多人都說這只是偶然，但從那時候，不，其實是從那之前開始，發生的許多事情，都為我、為我的父母開啟了意想不到的全新人生之路。

19

人生的拼圖
不會一次就完成

—

永居權與哈佛的關係

　　跟小孩一起玩過拼圖的人就知道，對於這麼多碎片終究必須拼成一幅圖的大人來說，拼圖是件還算簡單的事，但對於無法想像那幅圖的小孩來說卻非常困難。

　　我總覺得我的人生就像拼圖，而我不知道拼圖最後的模樣，

只是努力嘗試東拼西湊將每一片拼圖拼起來。我規劃好的事情鮮少會順利發展，反而是那些意想不到的事情，意外地將我的人生帶往更好的方向。這種時候，我就會覺得：不是只有我一個人在完成這幅拼圖。

／ 學英文也需要幾種運氣

前面說過，我的留學之路比預期晚了一年。不知道現在法規是否已更改，不過 1981 年時在韓國如果想要留學，就必須獲得文教部的許可，而取得留學許可的條件之一就是完成義務教育，當時還就讀小學六年級的我，正是因為這個條件必須將留學計畫推遲一年。

決定去留學之後還要等待超過一年，並不是件容易的事。最令人擔心的事，就是答應要給我獎學金的學校，1 年後是否會願意以同樣的條件邀請我。如果要在隔年秋天去留學，就必須取得留學日期修改過後的文件，但新的文件卻始終沒有來。也因此我每天都不安地想，也許我可能無法去留學。

沒有才能卻堅持要彈鋼琴這件事，最終卻讓我獲得留學的機會。而在獲得留學機會後，這個不得不延後一年出發的意外，也為我帶來意料之外的好事。因為我可以多花超過一年的時間，跟學校的英文老師學點英文。雖然之前也有過學長姊去美國留學，但卻沒有人完全沒學過英文就去留學。所以學校和老師特別關照我，讓我可以學點英文。

　　雖然無法進行流暢的對話，也無法完整將想法寫下來，但至少我得以在留學前認識許多單字。而那也成了紮實的基礎，讓我能夠跟在美國出生的人一樣，說出一口流利的英文。

　　就讀邀請我去留學的歐弗布魯克盲人學校時，我也獲得了意外的幸運。那裡不只有視障生，更有聽障生和智力發展遲緩的學生。學校的教育方針是必須顧及所有學生，所以我可以不用花太多時間在課業上。也因此，我為了更有效地利用剩餘時間，便開始閱讀點字書籍。那些已經用韓文讀過、知道內容的書，例如馬克·吐溫的《湯姆歷險記》、約翰·史坦貝克的《珍珠》或《聖經》等，我便改用英文再讀一次。

　　每天持續花幾個小時努力讀英文，使我的英文更加流暢，

最後英文能力反而更勝韓文能力。身邊沒有人可以跟我說韓文，當時國際電話費也非常昂貴，所以我只能用英文思考，便漸漸遺忘韓文，最後成了一個不太能用韓文書寫、不太會說韓文的人，直到遇見我的太太。現在回想起來，雖然這樣似乎不太好，但是這個意料之外的方法與環境，確實對我融入美國主流社會帶來很大的幫助。

以防萬一，我想先說，《湯姆歷險記》不太適合用來學英文。因為小說背景是 19 世紀的美國，而且還是在密西西比河邊的一個小村莊，裡頭有許多當時當地使用的方言。如果用於現代英語，反而會造成對話或語氣很不自然。

學外語最好的方法，我個人推薦與主要使用該語言的對象戀愛或結婚。諷刺的是，我太太的韓文比較好，所以在遇到她之後，我的韓文實力反而突飛猛進。

　　拼圖不是依照我的想法，而是依照某個我看不見的人規劃
而完成這件事，不斷在我的人生中上演。其中最經典的事件，
就是我在 10 年級（高中 1 年級）時發生的事。那時我的留學生
活邁入第 3 年、進入一般高中生活第 2 年，我決定要繼續留在
美國生活。留學過程中遇到的老師與朋友，都很為我著想、很
能理解我，也使我自然產生這個想法。而我當時持留學簽證入
境，所以在學業完成後便必須歸國。如果想繼續住在美國，就
必須取得永居權，也因此這成了我必須立刻解決的事，於是取
得永居權成了我的短期目標。

　　我開始查詢取得永居權的方法。當時不像現在能夠隨時上
網搜尋，我經常跑圖書館翻閱書籍，也打了很多電話到移民局
詢問，並重複聽取解釋移民法的錄音帶。

　　用這種老方法調查出來的結果，就是我要取得永居權雖很
困難，但也不是完全不可能。無論是當時還是現在，人們大致
都是以兩種方式取得永居權，再進一步移民到美國。第一種方

法是在擁有公民權或永居權的親戚邀請下前往美國，第二種是在雇主的邀請下前往美國。不過沒有親戚可以邀請我，再加上我當時才滿 16 歲，實在沒辦法找個能讓我依親的美國太太。當然，如果我有個心儀的女孩，再加上雙方父母都同意的話，或許情況就不同了。

然後也不會有雇主願意為我提供永居權。即使有人想幫助我，也沒有我能從事的工作。我沒有專業技能，也無法到雞肉工廠工作或成為家庭幫傭。

那究竟是什麼給了我希望？我聽說這種案例雖然很少，但的確有透過特別法讓美國國會賦予外國人永居權的例子。這可以是件小事，但也可以是件很了不起的事。只要美國國會在他們要通過的法案中，做一個小小的修正，也就是加上幾句可以給任何人永居權的句子就好。當然，我知道這種情況很少見，但還是決定一試。在完全不可能跟有些微可能性當中，我心甘情願地選擇後者。我想我的這個態度，至今依然沒有改變。

於是我開始請身邊的人寫請願書給國會議員。從人在韓國的親生父母到照顧我的美國父母，包括學校校長在內的多位老

師、教會牧師，甚至是負責紐澤西視障學生特殊教育的州政府部長級人士。並把我的願望告訴教會的所有人，請他們幫我禱告。整件事情在我如此熱情的努力與許多人的禱告之下，以當時的紐澤西參議員比爾‧布萊德利先生，以及我們這個地區的眾議員瑪吉‧魯克馬女士寄來的兩封信收尾。兩人都說不會在政策上提供任何移民特別法的協助。

我自然非常失望。這是我開始信奉上帝之後，第一次認真禱告卻如此明確地遭到拒絕。不過這次的拒絕，卻在不久的將來促成另一件事，那或許可以說是我人生中最好的機會，也成了我能進入國際頂尖大學就讀的決定性關鍵。

／ 我的人生的拼圖，
　　每一塊都是上帝預留好的

升上 12 年級後，我開始進行大學入學諮詢。老師們沒有幫助留學生的經驗，我也因這棘手的問題而手足無措。如果留學生想取得美國大學發放的入學許可，就必須證明自己能負擔所有費用。當時私立大學 4 年的費用大約是 8 萬美元左右，我必

須在提交入學申請時，附上有符合此一金額的存款證明，才可能拿到大學的入學許可。當時我們家沒有辦法提出這樣的證明，沒有永居權的我也面臨無法上大學的危機。

焦急的我拜託老師幫忙尋找不需要財力證明的學校，但老師找到的學校，都是我們這所高中從來沒人報考過的一流大學。哈佛、麻省理工學院、賓州大學等，都是些我做夢也沒想過的學校。

真是氣人。正當我不知道該說什麼的時候，老師告訴我值得挑戰看看。我的在校成績是全校第 5 名，學測分數偏高，而且也參與過許多課外活動，建議我可以試著申請看看。於是我便向哈佛大學、普林斯頓大學、麻省理工學院、賓州大學送出入學申請，這都是一些如果我有永居權，就絕對不會想去就讀的學校。隔年，1987 年春天，我獲得所有學校的錄取通知，而且哈佛和賓州大學也因為我在錄取學生當中名列前茅，分別給了我「國家優秀學生獎學金」（National Scholar）和「班傑明富蘭克林獎學金」（Benjamin Franklin Scholar）。

我最想獲得的是永居權，但當時取得永居權對於人生這幅

圖來說，似乎是一片找不到適才之所的拼圖。直到從學校畢業，進入 JP 摩根之後再獲得永居權，才是找到那片拼圖正確位置的時間點。

　　我沒有把持續不斷的幸運當成是福氣或偶然的好運，而是把自己的人生當成必須依照一個龐大計畫，緩慢且按部就班地拼湊起來的一幅拼圖。我也開始期待當我把上帝決定好的下一片拼圖，放在對的地方之後會發生什麼事情。因為我深信依照比任何人都要了解我的上帝所規劃的方式生活，就是讓我過上最佳人生的方法。

你不是一個人

—

亞那佈道會與快樂飛行

2007 年 1 月，我經歷一段思緒混亂的時期。不知道當時的韓國怎麼樣，不過在美國，很多人會認為滿 40 歲是很有意義的一年。在美國稱為「The Big 40」，也視為中年的開始。

有些人會在配偶滿 40 歲那天，邀請家人朋友一起舉辦盛大

的生日派對慶祝，也有些人會不願承認自己年逾 40，一心只想停留在 39 歲。不過至少對我來說，2007 年 1 月是個回顧過往歲月、思考未來將如何生活，將人生切成前後兩段的時期。

/ 能不能過著可以 幫助他人的人生？

2007 年 1 月 10 日星期三，滿 40 歲的當天清晨，我向上帝表達感謝，謝謝祂讓我的人生充滿祝福，也感謝我的父母愛我、養我、嘗試要治好我的眼睛，且毫不吝嗇地給了我最好的教育環境。同時也再一次感謝首爾盲人學校的許多老師，讓我學會視障學生不可或缺的點字、獨立生活的能力，讓我能夠與非身障學生相互競爭。

我感謝教完全沒有音樂資質的我彈鋼琴的老師，也沒有忘記感謝讓我能夠來美國留學的傳教士。我感謝雖然沒有領養我，仍然從 15 歲起就將我視如己出的美國父母，以及雖然沒有視障學生的教育經驗，仍然認真教導我的高中老師。讓我擁有在國際頂尖大學與研究所讀書的機會、意外以專家身分任職於華爾

街的機會，以及幸福和睦的家庭生活……我再一次感嘆贈與我許多禮物，讓我的人生充滿祝福的上帝，並向祂獻上感謝的禱告。

但我突然在想，總是單方面獲得的人生，究竟有什麼意義？當然，我也幫助了遭遇重大變故的人，例如捐款給 2004 年南亞海嘯的遇難者，以及大學開始就透過「救助兒童會」（Save the Children）資助持續認養兒童。但我在想，除了這些之外，還有什麼是我能夠直接提供的協助。一想到自己跨過 40 歲這個里程碑，就覺得現在應該開始尋找人生的意義。只為讓我和我的家人過上舒適的人生而工作，多少讓我感到有點羞愧。

此外，以身障人士的身分生活久了，自然會習慣獲得多過於授予，至少我是這樣。妻子、同事、朋友確實給我較多幫助，而那似乎也成了理所當然的事。例如去星巴克的時候，妻子和同事都會依照我的喜好幫我點冰黑咖啡，我只需要出錢等著喝咖啡就好，甚至連咖啡的錢都經常是別人幫我出的。

滿 40 歲那天，我決心要改變這種模式。我無法像其他人一樣，去當義工幫有困難的人蓋房子，也無法參加志工團體，每

天為獨居者做菜、送飯，但我決定自己至少可以更為周圍的人著想，而且不錯過任何我可以參與的義工活動。

慚愧的是這樣的領悟與決心，並沒有立刻獲得成果。至少在未來 3 年之內，我都一直過著跟滿 40 歲以前一樣的生活。說是沒有機會聽起來或許很像辯解，其實應該說是我沒有足夠的熱情尋找這樣的機會更為貼切。

/ 如果能讓孩子們
獲得我經歷過的機會

2010 年 1 月 17 日，是我 43 歲生日後又過了一個星期的主日，那天紐澤西讚揚教會的許奉基牧師講的道深深感動了我。當天他以「敬他人的生命與豐盛的人生」為題講道，也讓我得以整理過去 3 年來混雜的思緒，並決定好自己人生的目的。根據那天講道的內容，耶穌來到這個世界並不只是要給羊群生命，也就是除了賜予我們生命之外，也是希望我們的人生可以更加豐盛。這並不是牧師說的話，而是耶穌在約翰福音第 10 章第 10 節所說的話。

那天我開始想，我可以讓誰的人生更加豐盛呢？我把我的決心告訴妻子葛蕾絲，並邀她想想我們可以一起做些什麼。本以為妻子會問「你常常在下定決心，這次又能堅持多久？」但或許是這次我的想法真的觸動了她，她決定跟我一起想想，給了我非常正面的回饋。很快地，我們夫妻就在那天晚上各自得出答案。我們決定先來想想，要如何讓韓國育幼院的孩子們有更豐盛的人生。

讚揚教會青少年部的黃柱牧師，對於小孩教化有著一番見解。因為他想更加理解小孩的世界，所以大學時便研讀教育，也曾經在高中擔任 3 年的數學老師。這名年輕的牧師後來轉為鑽研神學，並從事青少年教化將近 6 年的時間，他的展望與熱情一直是我們夫妻憧憬的對象。

2008 年夏天，黃柱牧師帶著讚揚教會高中部的孩子到韓國進行短期傳教。待在韓國的期間，他們造訪了東明兒童福利中心，跟那裡的孩子一起生活、努力和他們拉近距離。這所育幼院的孩子們雖然有父母，卻因故無法與父母同住，來自美國教會的訪客必須花費許多時間與努力，才能讓他們敞開心房。首先，他們必須遵守明年夏天還會再來的約定。

育幼院的工作人員與孩子們，已經遇過太多只來探望過他們一次，就再也沒出現過的情況，所以當 2009 年夏天讚揚教會的孩子與牧師再度造訪育幼院時，東明育幼院的院生終於一點一點地敞開心房。當育幼院和讚揚教會的孩子一起到鄉下去，為了當地的教會青少年舉辦夏日聖經學校計畫之後，雙方便開始建立起真正的友誼，這也使某部分的人越來越觀注東明育幼院的這群孩子們。

　　我們曾經因為想多了解這所育幼院的事情，也想更認識黃柱牧師，所以邀請牧師一家到我們家來作客。牧師告訴我們，韓國有超過兩萬名的育幼院院生缺乏經濟援助，其中大多數人的雙親當中至少有一名健在。許多面臨經濟問題或出家、離婚、失業、障礙等問題的父母，會把孩子送到育幼院去，也使孩子們無法生活在父母身邊。

　　這些孩子的未來非常艱困。雖然在高中畢業之前，他們都能住在育幼院，獲得教育、食衣住方面的援助，而且除了必要的援助之外，育幼院也會提供資源讓孩子學想學的才藝，甚至是提供智慧型手機，不過高中畢業之後便是艱困的現實在等著他們。他們不僅教育與工作機會受限，一說是在育幼院長大的，

社會看待他們的眼光就會截然不同，所以他們很難過著跟一般人一樣的生活。或許這些孩子也正經歷著我父母過去所擔心的，視障者會經歷的那種歧視。

當我決定開始正式關注東明的孩子們之後，我們夫妻便在隔天寫信給黃柱牧師，詢問我們該怎麼做才能提供幫助。牧師說很久沒收到這麼暖心的一封信，他感到非常開心，並與我們分享他思考已久的一項計畫。他想從育幼院挑選幾名有潛力的孩子，以及幾位非常愛護孩子的老師，提供他們來美國旅行的機會。讓孩子與老師看見更廣大的世界，也讓他們能用身心認識上帝的偉大藍圖。

牧師認為由讚揚教會邀請他們，旅行期間下榻在幾位教友的家中就能夠節省費用，更重要的是，可以讓他們體驗到世上有許多好人與和睦的家庭。如果這項計畫順利，且孩子們能跟住在美國的人結下良緣，或許真的能夠大大改變孩子的人生。

聽完他的說明後，我想著這個計劃，能讓這些跟我有著類似經歷的孩子來到美國讀書、求職，進一步組織家庭、過著幸福的生活。我也是短期造訪美國，遇見一些人之後才進一步藉

著這些緣分來留學，最後不僅擁有美國家人，更有機會得到良好的教育並進入職場工作。這項計畫能讓東明育幼院的孩子得以遭遇人生的重大轉折，而我也有機會參與其中。這就好像是上帝要我一定要參與，而且我也非做不可的事情。

／ YANA，
你不孤單（You Are Not Alone）

「飛向幸福」（Flying Happiness）計畫便以此為契機每年開辦，東明育幼院的孩子已經連續 5 年造訪美國。我們每年會選出 4 名院生與 2 名老師來觀光，他們會跟住在美國的許多專家見面、會談，更有機會造訪許多一般人沒有機會前往的地方。

例如到訪紐約聯邦儲備銀行總部，親手觸摸保管在那裡的黃金，並聽取與黃金有關的介紹，也有機會進入 2001 年九一一事件後便停止向一般人開放的紐約證交所見習，或是到谷歌總部與當地的員工共進午餐，了解他們的工作內容。每年「飛向幸福」計畫開辦時，也就是東明育幼院院生來美國時，就會有很多人毫不吝嗇地投資自己的時間、金錢與熱情提供協助。

2012 年為了正式推動這項計畫，我們創建了一個非營利組織，命名為「亞那佈道會（YANA Ministry）」。YANA 是「你不孤單（You Are Not Alone）」的縮寫，希望可以用這種獨具意義的方式，讓育幼院的孩子們知道他們絕不孤單。我擔任這個組織的理事長，身邊也有許多人提供協助，所以計畫總能順利推動。

去年終於有亞那資助的第一名留學生來到美國，妻子和我決定親自扶養這名 13 歲的孩子，就像我的美國爸媽扶養我一樣。今年秋季學期還會再有一名學生前來，我們也計畫明年再送 1-3 名學生來留學。雖然能幫助的人不多，但只要這些孩子的人生能因為亞那而有著意想不到的改變，只要我能持續參與這項計畫，我的人生也會變得更有意義。即便我的付出不及獲得，但我仍想好好利用自己的未來，過著多少能提供他人幫助的人生。

21

將我擁有的
事物也施予他人

——

改變我人生的三個訊息

　　進入一流大學就讀的這個里程碑，並不總是只有好處。因
為學歷的關係，所以人們總會對我有過高的期待。不僅有許多
人認為我因此懂比較多，更有很多人深信我在許多領域都很出
色，且非常會賺錢。

其中，我偶爾會遇到有人問我說，他們非常想將自己的子女送入一流大學，要怎麼栽培孩子，才有可能大幅提升進入一流大學的機會。例如是要學習多個困難的科目，分數雖不到非常優秀但仍高出平均許多比較好，還是選擇幾個簡單的科目以取得優秀的分數比較好；所有科目平均表現良好的學生，跟只有一科成績特別突出的學生，誰比較有可能考上一流大學；在名門高中名列前茅較好，還是在一般高中成為全校第一、第二名較佳等等。

「將孩子送入一流大學」並非這篇文章的主旨，所以我不打算細談。我想說的是，很少有人滿意我的回答，因為我總是給出相當籠統的答案。例如，若對方問我在困難的科目中獲得優秀成績是不是比較好，我就會從幾個選項中挑出可能性較高的，也就是人人都能預想得到的答案回答。

所以我也經常覺得，從某個角度來看，人生其實就像一道問答題。當有很多個選項列在我面前時，我若依照不同的標準做出決定，就會改變人生的過程和結果。

我的人生中面臨許多抉擇的時刻。選擇留學之路、11 年級

（高中 2 年級）時決定放棄鋼琴而專注學業、放棄博士學位留在華爾街等，這些外在的選擇，都是對人生造成重大影響的決定。不過仔細想想，除了這些別人所能看到的結果之外，也有不少別人看不見，旨在安撫我內心世界的眾多選擇。

／ 充滿感激的人生

足以安撫我內心最大力量，當然是信仰。就讀首爾盲人學校時，我開始擁有對上帝的信仰，信仰生活中所接觸到的耶穌基督福音，給了我許多收穫。於是某天，我開始煩惱該怎麼做才能成為一名好的基督徒。

因為一直到那時（大約是高中畢業到進入大學就讀那段時間），對於宣講和聖經當中提到的基督徒，仍是相當模糊的概念。牧師或教會長輩們要我們聽他們的話，以堅定信仰的心、忠誠的姿態生活，就能證明自己足夠虔誠的主張，實在不太容易讓人信服。

想了解難以從他人那裡接觸到的事情時，我總會翻書尋求

解答。我想了解該怎麼做才能擁有正確的信仰，過著將上帝的愛傳遞出去的生活，並以耶穌的恩典與慈悲對待他人，於是便開始閱讀相關的書籍。我沒有細數自己究竟讀了幾本書，也無法將所有內容記起來，不過當時讀的書當中，有 3 本書對我帶來很大的幫助。（順帶一提，除了工作相關的書籍或資料以外，我大多是讀有聲書。）

我大學時曾讀過由莫林・凱勒斯牧師所寫的《從監獄到讚美》，是別人推薦我聽的一本有聲書。當時我從未聽過這名循道宗牧師的名字，他年輕時曾在美國陸軍服役，而這本書是宗教領域的暢銷書籍。這本總長不到 4 小時的有聲書，首度讓我找到我想嘗試的信仰實踐之道。

曾參與韓戰的凱勒斯牧師，在韓國因意外而差點失去一隻眼睛的視力，後來他的視力奇蹟般地恢復，他將這連醫師都無法解釋的現象稱為神蹟。他在參與越戰時，也與離開母國前往參與一場不明究理戰爭的軍人們，共同經歷了多次上帝的奇蹟，並且將那些神蹟紀錄在這本書中。

許多神學家或許不把這當成一回事，除了靈恩派以外的眾

多教友，也都對此沒有任何共鳴。不過凱勒斯牧師的第一本書寫得淺顯易懂，又讓人感覺其中潛藏著「真理」。書中提到發生在我們身上的所有事情都是上帝所應允，因此我們必須感謝這些事。從吃到濕軟的吐司這等小事，到世上絕無僅有的家人被派去參與韓戰等大事，都是在上帝的應允之下發生的。

根據凱勒斯牧師的說法，我的視障也是上帝應允之事，因此我不僅需要接受、承受，更應該感謝它。因為凱勒斯牧師認為埋怨這件事對自己沒有幫助，若能心懷感激，上帝反而能夠讓我們體驗到更大的奇蹟。

起初我無法理解他的話。因為必須感謝生命中的每一件事，所以即便是壞事，例如手臂斷掉、遭小偷等事情都要感謝上帝，真是太誇張了。不過就因為凱勒斯牧師說了「嘗試看看並沒有損失」這句話，我也決定試試看。

我無法對每件事都心存感激，也沒有體驗過跟這種感激人生有著直接關聯的巨大奇蹟，不過我努力想過著心懷感激的人生，讓我開始變成一個不容易受他人影響的樂觀主義者。也因此當交往已久的女友說要跟我分手時，我雖然還是難過且不捨，

但也決定接受與她共度餘生並非上帝的旨意，感謝上帝能及時規劃這段離別。當然，只靠幾天的感謝禱告仍無法讓我揮別悲傷恢復冷靜就是了。

還有，我放棄博士學位進入職場，卻在工作 4 年後遭到裁員時，我也能夠心懷感激。這「無法醫治的感謝病」，應該是我所能得到的疾病當中最好的一種。當妻子看到兒子大衛在一英里賽跑中吊車尾，還能夠對自己堅持跑完全程感到開心時，便對我說：「他真的是你兒子。」

／ 心靈有所成長的人生

對我的人生帶來幫助的第二本書，是神學家傅士德的《靈命操練禮讚》。聽完作者親自錄製的有聲書之後，我發現這是一本詳細說明該用什麼方法訓練自己的心靈，並進一步提升信仰的書籍。傅士德在書中介紹為了透過冥想、禱告、禁食、研讀聖經達到心靈的修練，必須做到哪些事情。書中介紹個人生命與團體生活需要的訓練方法各 4 種，而我想要尋找的是能提升個人心靈成長的指導，於是便決定專注在個人生命提升上。

我每天都努力冥想、禱告、研讀聖經，禁食則從連續兩餐開始，直到連續 15 天禁食。只不過，我至今仍不清楚心靈成長究竟有多成功。有時候會覺得好像嘗試一輩子都不會有結果，但有時候也會驕傲地想，自己這樣應該也比還在襁褓中的新生基督徒要好一些了。

／　充滿恩典的人生

　　最後最讓我感動的書，是由基督徒菲利普‧楊西所寫的《恩典多奇異？》一書。最初聽到這本書的書名時，我想到我的妻子葛蕾絲（grace 在英文中是恩典的意思）。

　　我買下這本有聲書一方面是因為上帝的恩典確實非常驚奇，但一方面也是想告訴太太說，妳是一個充滿驚喜的人。這本書讓我學到許多新的事物，也讓我發現就像一名配音員必須擁有優美的聲音一樣，上帝的恩典是基督徒是不可或缺的要件。

　　即便只是短暫上過教會，應該也會知道恩典是教友常用的詞。不過，知道恩典實際上是什麼意思，並且努力實踐恩典的

人似乎不多。所謂的恩典是指即便對方沒有資格，也給予對方祝福、幸運、恩惠的意思。例如有個在父親去世之前就繼承財產，過著放蕩的生活並將家產全部敗光的孩子。這孩子回到家之後父親仍開心地迎接他，也不期待得到孩子的道歉。只是讓孩子穿上好衣服、戴上金戒指，並抓頭小牛來辦了場宴會為孩子接風。以為自己可能會被父親打到沒命的孩子，則因撿回一條命而開心。這就是展現何謂滿懷恩典的最佳範例。

以我的人生來比喻，就是養父母願意不計任何條件，從 15 歲那年開始將我扶養長大，那就是向我施予恩典。他們並不是因為我做了什麼，也不是因為我好像很會唸書，更不是因為很喜歡我，希望能讓我來填補孩子們都離家之後的內心空缺所以才這麼做。兩位只是為了施惠於我，才決定不計代價養育我，這就是恩典。後來也繼續把我當孩子一樣照顧，就是將恩典付諸實行，我想這就是距離我最近的例子。不過這個世界上有太多不懂得寬恕、太過執著於公平與完美，或是過於嚴厲批評他人的人，所以恩典的訊息才會漸漸模糊。

身為一個擁有信仰的人，似乎無法精準回答該如何生活這個問題。對努力尋找答案的我來說，以下 3 個訊息最有意義。

相信比我更了解我自己的上帝，過著滿懷感激的人生；為了心靈的成長而訓練的人生；不是單方面接受恩典，而是懂得施予恩典的人生。如果要我從中選擇一個，那我肯定會選擇恩典，也就是選擇「Grace」。滿懷感激的人生和訓練心靈的人生都是為了我好，但體驗過恩典的人再度將恩典施予他人，並不是只為了我自己，也是為了幫助其他人。

尋找內心
隱形的皺紋

　　年紀越大，人們便會嘗試將人人都有的皺紋撫平。不僅毫不吝嗇地花費大把金錢購買昂貴的保養品，甚至施打使肌肉神經萎縮的肉毒桿菌。當我說我無法理解這些事時，妻子會說這就只是我不理解的事情之一而已。當然，我無法理解的事情非常多，但妻子這句話，包含了因為我看不見，尤其看不見我自

己的臉，所以無法理解這種行為的意思。

不過身為一個不明白皺紋會對人的外表造成多大影響的人，我想說，臉上的皺紋不就代表那個人的人生經歷嗎？一個人多麼努力地撐過辛苦的每一天，曾經愛得有多麼刻骨銘心、為實現目標做出多少犧牲等等。

簡單來說，皺紋就是人生的現在完成式。所以我主張，皺紋就是認真生活之人的榮譽勳章。

同時，我認為也有眼睛看不見的內心皺紋，那也是另外一種形式的榮譽勳章。那是由我所經歷的人生，建立起屬於我的認同。能夠代表我這個人的不是出色的大腦，更不是充滿血汗的努力，也不是美國的傑出身障者保護法，更不是身障者禮遇教育或勞動政策。

最能夠介紹我這個人的方法，其實是談論對我的人生造成影響的每一個人，因為有他們的愛，才能造就今天的我。我是個深愛一個女人，並與她共同扶養兩個小孩，平凡地過著每一天的男人。起初我認為這是獲祝福者的義務，但現在我開始資助育幼院的院生，感受著人生的價值與幸福。我是個嘗試藉著

愛實踐信仰的基督徒，是在一間華爾街公司資產管理組工作的員工。

父母讓我能夠成長為如今的我，讓我擁有這段生命旅程。我的父母認為他們只是做到父母該做的事，所以花費 8 年的時間竭盡全力阻止我失明，但母親並沒有因此認為自己是個偉大的母親。得知我難逃失明的命運之後，父母將熱情傾注在教育上。送我來美國留學後，仍持續參與盲人學校的活動多年，以防我未來需要回國讀書。

他們提醒我不要忘記學韓國歷史、不要忘記韓文，更錄下電視的歷史劇寄來給我。雖然他們在不得已的情況下將兒子送至遙遠的國度，但我想他們還是希望能透過這些努力，感覺自己仍陪在兒子身邊。當時母親提議，要我簡單寫個日記寄給他們，完全不懂父母心情的我卻沒能做到。

爸，媽，真對不起，但也很感謝你們，我愛你們。你們要健健康康，長命百歲。

除了生養我的父母之外，還有用心照顧我的美國爸媽。養母在 10 年前去世，她接手了我生母的工作，讓我能長成一個獨

立自主的人，在沒有父母的協助之下也能獨立生活。為我做飯、洗衣、打掃，每當去到新的地方便會教我熟悉路況、教我訂購語音教科書的方法，最重要的是她幫助我擁有流暢的英語能力，甚至不輸給土生土長的美國人。

她也會安撫我青少年時期的煩惱，例如「如果沒有女生喜歡我該怎麼辦」。她說，雖然世上會只有一個最特別的女人，能真心接受我、一輩子愛我，但世上仍有其他許多對我抱持好感的女性。養父則透過對話和他的人生，讓我學會如何活得像個男人、像個基督徒。他教會我為自己說的話負責、每件事都要盡力做到最好，無論是遭遇困難還是蒙受經濟上的損失，都必須誠實以對，也必須幫助鄰居等等。

我想將要對他們說的話寫成英文，記述在這裡：

Mom, I am sorry that my kids never got a chance to know you and learn from your wisdom, humor, and energy for life. You left us too soon. Some day, I will see you; wait for me inside the eastern gate.

Dad, thank you for all your care and work, and for the many

many hours of talking with me. And I am sorry we don't visit often enough. Please live healthy and long, and let's go for collecting pension for another 25 years.

除了我這兩對父母之外,我也在其他許多人的協助之下走到今天。首爾盲人學校的老師們,尤其是願意教導沒有音樂才能的我彈鋼琴的金泰容老師,幫助我做足了準備,讓我能獲得留學的機會。除了我之外,也教導學校許多同學學習多種樂器的崔英植老師,當時真的為了首爾盲人學校的學生們做出許多努力與奉獻。

另外,還有我6年級的班導師朴燦勝老師,他告訴我們,我們遲早要跟沒有失明的人競爭,並教導我們若想與他們競爭應該如何準備。若沒有老師這樣的教導與訓練,我也不會有在一般學校與職場,與其他人在相同的位置上競爭的勇氣。我想感謝在這個視障人士較難適應的社會環境當中,仍有許多老師打造出良好的教育環境,讓我們得以作夢。

我也想感謝讓我有機會留學的拜瑞・普利特克洛夫特傳教士,以及歐弗布魯克盲人學校的各位。以及基塔汀尼公立高中

的多位老師，謝謝你們沒有教導視障生的經驗仍十分用心，讓我能跟其他同學享有同等的教育機會。也想感謝哈佛大學與麻省理工學院的多位教授，讓我擁有超乎想像的學習機會，也從不吝嗇給予我建議和協助。

我想感謝幫助我進入 JP 摩根就職（2015 年 5 月前往天國）的帕特莉夏・丹普希・海蒙德，以及選擇雇用我，讓我最終得以踏上證券分析師之路的約瑟夫・薩巴汀尼。還有布朗兄弟哈里曼公司的各位，從 1998 年開始便與我共事至今，不僅是我的同事，更以朋友身分使我的生命更加豐盛。

最後，想對決定跟我攜手共度終生的妻子葛蕾絲・根珠說幾句話。

是妳讓我青少年時期的恐懼、害怕找不到愛我的人，必須一輩子孤獨終老的擔憂一掃而空。

新婚時期成為父母的喜悅、沒能擁有孩子的傷痛，最後到生養兒子所感受到的幸福與擔憂，我們都攜手共度。

是妳讓我堅信無論再嚴重的爭執，都無法影響我們的愛，

讓我得以在夜裡安然入睡。

當初堅持要像爸媽一樣領養孩子的人是我，而妳卻每天身體力行地用心、用愛養育著我們的女兒。

要我怎麼能不愛妳呢？無論發生什麼事，即使妳的臉皺紋斑斑，我仍會繼續愛妳。就像妳新婚時偶爾會唱給我聽的那首歌一樣，「直到上天將我們拆散……」。

閉上眼睛就能看見的事物 / 慎盾揆著. -- 初版.
-- 新北市 : 幸福文化出版社出版 : 遠足文化事業
股份有限公司發行, 2023.02
ISBN 978-626-7184-64-6(平裝)

862.6　　　　　　　　111021233

閉上眼睛就能看見的事物

作　　者：慎盾揆
譯　　者：陳品芳
責任編輯：黃佳燕
封面設計：Bianco_Tsai
內文排版：王氏研創藝術有限公司

總 編 輯：林麗文
副 總 編：梁淑玲、黃佳燕
主　　編：高佩琳、賴秉薇、蕭歆儀
行銷企畫：林彥伶、朱妍靜

社　　長：郭重興
發 行 人：曾大福
出　　版：幸福文化／
　　　　　遠足文化事業股份有限公司
地　　址：231 新北市新店區民權路 108-1 號 8 樓
網　　址：https://www.facebook.com/
　　　　　happinessbookrep/
電　　話：(02) 2218-1417
傳　　真：(02) 2218-8057

發　　行：遠足文化事業股份有限公司
地　　址：231 新北市新店區民權路 108-2 號 9 樓
電　　話：(02) 2218-1417
傳　　真：(02) 2218-1142
電　　郵：service@bookrep.com.tw
郵撥帳號：19504465
客服電話：0800-221-029
網　　址：www.bookrep.com.tw

法律顧問：華洋法律事務所　蘇文生律師
印　　刷：通南彩色印刷有限公司
初版一刷：2023 年 2 月
定　　價：390 元

讀者回函卡

感謝您購買本公司出版的書籍，您的建議就是幸福文化前進的原動力。請撥冗填寫此卡，我們將不定期提供您最新的出版訊息與優惠活動。您的支持與鼓勵，將使我們更加努力製作出更好的作品。

讀者資料

●姓名：_____ ● 性別：□男　□女　●出生年月日：民國____年____月____日

●E-mail：_____

●地址：□□□□□ _____

●電話：_____ 手機：_____ 傳真：_____

●職業：　□學生　　　　□生產、製造　　□金融、商業　　□傳播、廣告

　　　　　□軍人、公務　□教育、文化　　□旅遊、運輸　　□醫療、保健

　　　　　□仲介、服務　□自由、家管　　□其他

購書資料

1. 您如何購買本書？□一般書店（　　　縣市　　　　書店）
　　　　　　　　　　□網路書店（　　　　　書店）　　□量販店　□郵購　□其他

2. 您從何處知道本書？□一般書店　□網路書店（　　　　　書店）　□量販店　□報紙□
　　　　　　　　　　廣播　□電視　□朋友推薦　□其他

3. 您購買本書的原因？□喜歡作者　□對內容感興趣　□工作需要　□其他

4. 您對本書的評價：（請填代號 1.非常滿意　2.滿意　3.尚可　4.待改進）
　　　　　　　　　　□定價　□內容　□版面編排　□印刷　□整體評價

5. 您的閱讀習慣：□生活風格　□休閒旅遊　□健康醫療　□美容造型　□兩性
　　　　　　　　　□文史哲　□藝術　□百科　□圖鑑　□其他

6. 您是否願意加入幸福文化 Facebook：□是　□否

7. 您最喜歡作者在本書中的哪一個單元：_____

8. 您對本書或本公司的建議：_____

_____

_____

_____

_____

_____

23141

新北市新店區民權路 108-4 號 8 樓

遠足文化事業股份有限公司　收